그래,
한박자
느리면
어때

베스트셀러 작가 이동연의
'어떻게 살 것인가'에 대한 통쾌한 처방전

그래,
한박자
느리면
어때

이동연 지음

창해

Contents

Part 3

· · · · · · · · **나도 인간이란 말입니다**

Part 4

내 꿈을 내가 꿀 권리

Part 5

········ 더 중요한 것

Part 6

세상을 보는 눈

Part 7

동조에서 비켜서서

Part 8

나로 사는 용기

Part 9

나만의 삶

Part 10

Part 1
—
각자만의 세상이 있다

그래,
한 박자 느리면 어때

조금 느려도 꾸준한 것이 서두르다가 제풀에 지치는 것보다 훨씬 낫다.

중국 송나라 때의 일이다.

한 농부가 모내기를 마치고 얼마 지나지 않아 논으로 나갔는데,

이웃 논의 벼가 더 자란 것처럼 보였다.

다음 날 일찍부터 온 종일 자기 논의 벼 이삭을 모두 뽑아 올렸다.

그 다음 날 또 나가보니 벼는 누렇게 말라 있었다.

사람들이 서두르는 이유는 무엇보다 남과 비교하기 때문이다.

비교하면 할수록 마음이 더 급해져 그만큼 시야가 좁아지게 된다.

그래서 《이솝우화》의 거북이도 토끼를 이겼다.

토끼는 달리면서도 자만심을 가지고 거북이를 무시했다.

하지만 거북은 달랐다.

거북은 저만치 앞서 달리는 토끼를 본 것이 아니라

목적지를 향해 한 걸음, 한 걸음 꾸준히 나아갔던 것이다.

다 자기 마음
편하자고

세상에 내 것이 어디 있을까.

때가 되면 무엇이든 그대로 두고 떠나야 하는 것 아닌가.

내 사람도 다 그런 게 아닌가.

각기 생김새도 성향도 다르고, 해야 할 일도 다르다.

그런데 사랑하면 내 것이어야 한다는 욕구 때문에

사랑하는 대상 앞에 '내'라는 소유격을 붙이고 있지 않은가.

"너는 내 것이니까. 나나 되니까 너한테 이런 말 해주는 거라고."

그 욕구가 서로의 자유를 갉아 먹는 줄도 모르고…….

물론 정말 상대를 위한 것도 꽤 많지만,

그보다는 내 의지대로 상대를 움직이려 하는 경우가

훨씬 더 많다.

다 자기 마음 편하자고.

그래, 한 박자 느리면 어때

우리는 누구의 주인도 될 수 없다

자식이든 애인이든 내 것이라는 소유욕이 커질수록 그만큼 사회적 과시욕도 커진다. 그 사례가 인생의 통과의례인 돌, 입학, 졸업, 결혼, 장례 등은 물론이고 거주지에 이르기까지 허례허식으로 나타난다.

"내 소유이니만큼 이만큼은 빛나야 한다."

그렇게 자신을 드러내 보이고 싶은 것이다.

하객이 인산인해를 이룬다고 결혼 당사자가 잘 사는가? 아무 관계가 없다. 그저 '나, 이런 사람이야'라는 헛된 과시만 남을 뿐.

나를 사랑하는 이를 통해 과시하려 할 때 똑같은 딜레마에 봉착할 수 있다.

만약 상대도 나를 통해 빛나 보이려고만 한다면? 그때부터 서로가 더 이상 목적이 아니라 자신을 드러내는 수단으로 대하기 시작한다. 그러면 내 삶에 빛을 주지 못할 때, 사랑하던 이도 버려야 할 이가 되고 만다.

그래서 가장 사랑했던 사람조차 세상에서 가장 멀리하는 사람이 될

그래, 한 박자 느리면 어때

때가 허다하다.

'내 소유니만큼…….'

이 생각을 버려야만 서로가 자유로워지며, 그만큼 멀어지지 않아도 된다.

에이브러햄 링컨의 이 말을 가슴에 담자.

"나는 누구의 노예가 되고 싶지 않습니다. 그처럼 나도 누구의 주인이 되고 싶지 않습니다."

언 덕 사 이 에 출 렁 이 는 파 도 처 럼

서로 사랑하라.
그러나 서로를 사랑으로 묶지는 마라.
그보다 그대 두 영혼의 언덕 사이에
출렁이는 바다가 되게 하라.

- 칼릴 지브란(Kahlil Gibran)

그래, 한 박자 느리면 어때

내가 진정으로 주인 노릇 할 수 있는 존재는 자신뿐이다.

내가 나의 주인 노릇을 포기할 때 나는 다른 무엇의 종이 된다.

내가 나의 주인이 된다 하여

스스로를 함부로 대해도 된다는 의미는 아니다.

나는 물건이 아니라 인격이기 때문이다.

인격이란 사물과 달리 이성과 정서와 의지를 지니고 있다.

나에게 좋은 주인이 되는 사람에게서는

이 세 가지 요소가 적절히 조화를 이룬다.

이와는 달리 정서에만, 이성에만, 의지에만 휘둘린다면

기분 내키는 대로 가슴이 없는 대로,

습관대로 사는 기계적인 사람이 된다.

사기꾼들은 그런 사람들, 즉 감정이 메말랐거나

의지가 약하거나 분별력이 없는 이들을 직관적으로 파악해내고

그 약점을 파고들어 주인 노릇을 하려 한다.

내 그림자인데 인정해야지

누구나 다른 이의 인격에 대해 조언 정도에 멈춰야지, 이래라저래라 강제할 수는 없다. 하지만 나에 대해서는 다르다. 내 이성과 감성과 의지를 내가 다스릴 수 있다. 이것이 책임적 자아이다.

내가 나를 책임지는 것.

이것이 자신에 대한 최고의 인격적 대우다. 내가 나를 인격적으로 대우해야 다른 이도 나를 인격적으로 대우한다. 나라는 존재는 자신을 포함해 어느 누구도 함부로 대하면 안 되는 존재다. 석가모니의 첫 일성이 그래서 '천상천하유아독존(天上天下唯我獨尊)'이었다.

그렇다고 우리가 완벽한 존재라는 뜻은 아니다. 세상 모든 이들은 한 가지 이상 잘난 구석이 있고, 또한 뭔가 부족하고 뭔가 못난 구석도 있다. 그것이 존재가 드리우는 그림자다.

자신의 어떤 그림자든 나는 그 그림자조차 소중히 여겨야 한다. 부족하면 부족한 대로, 못나면 못난 대로, 잘못한 것은 잘못한 대로 개선의 기회를 찾으면 된다.

그래, 한 박자 느리면 어때

내 그림자 중에서 나의 행위와 무관한 사회적 편견이야말로 무시해야 한다. 오스카 와일드의 어른 동화 《어부와 영혼》에는 영혼이 없으면 그림자도 보이지 않는 장면이 나온다.

　　그림자가 없으면 인격도 없다. 인격이 있으면 그림자도 있다. 이렇듯 그림자도 내 인격의 일부인데 어찌 인정하지 않겠는가.

그래, 한 박자 느리면 어때

밤하늘

그대여! 춤추는 별을 낳으려는가?

그대 안에 혼돈을 가지고 있어야만 한다.

춤추며 협을 저장하는 성자는

결코 춤추는 별을 잉태할 수 없다.

모든 혼돈의 한가운데 잠재함이 있고

중심의 생성을 반복하는 최고의 우연이 있다.

- 석산, 《그림과 함께 읽는 365일 니체》

그대 영혼만은
누구에게도
빼앗기지 말라

—

　사람은 뭔가를 너 좋아하고 더 싫어할 수 있다. 그런데 영혼까지 넘겨주면서 그러지는 말자. 내 영혼을 나 외에 누가 책임져주겠는가. 영혼을 빼앗긴 상태에서는 더 이상 스스로를 다스리지 못한다. 내가 나를 관리하지 못할 때 타인의 관리를 받는 것은 당연한 일. 그래서 사회는 온통 길들이기 게임으로 가득 차 있다.

　한 설교자가 내게 말했다. 자신이 교인들을 '벽돌 찍어내듯 찍어낸다'고, 교인들을 자기 입맛에 맞게 길들인다는 말이다. 그래야 자기 마음대로 부리고 누릴 수 있기 때문이다.

　어디 그뿐이랴! 우리가 접하는 광고, 언론, 강연, 수업, 드라마, 공연 등도 화자의 입장과 이해로 가득하다.

인류의 정치사는 평등을 향한 투쟁의 발자취가 아닌가. 그런 노력으로 적어도 형식적 제도로서의 노예는 많이 사라졌지만, 그 대신 심리적 노예가 늘어났다. 제도의 노예가 사라진 자리를 무엇에든 미치지 않고는 살지 못하는 분위기가 차지한 것이다.

어느 것에 미치면 그만큼 다른 것들을 무시하게 된다. 미치는 대상이 좁을수록 판단력 저하, 지능 저하, 정서 불안 등이 따르고 끝내 자신마저 부인하게 된다. 취미도 애정도 좋고 다 필요하다. 하지만 너무 미치도록 빠지는 것만큼은 피해야 한다. 그래야만 어느 누구도 나의 동의 없이는 나를 소유할 수 없기 때문이다.

애착이
집착 되지
않도록

지금 우리는 목도하고 있다. 전래적으로 더불어 믿고 따랐던 것들이 해체되는 것을.

그러다 보니 비교적 획일화되었던 애착의 대상도 각기 소견대로 다양해지고 있다. 어떤 이는 연예인을, 어떤 이는 고양이 또는 강아지, 심지어 개미를 좋아한다. 또 누군가는 특정 사물이나 운동, 장소, 업무 등에 애착을 느낀다.

무엇을 좋아하든 자유지만 지나치면 집착이 된다. 그때부터 스토커 같은 행동 등이 나타난다.

집착은 자신은 물론 상대에게도 해롭다. 조용히 생각해보라. 내가 어떤 것에 집착할 때 나는 그 어떤 것의 본질이 아니라 어떤 것과 관련된 분위기에 얽매이는 것이며, 그만큼 개인의 주체성은 약화된다.

일시적 몰입을 위한 수단으로 분위기를 이용할 수는 있지만, 그 분위기가 집착의 대상이 되어서는 안 된다.

집착 가운데 개인의 주체성을 가장 심하게 훼손하는 것이 종교다. 종교의 본체란 그야말로 오리무중이고 분위기가 본질인 양 위세를 부리기 때문이다. 게다가 천국 또는 극락, 지옥이라는 가공의 상품으로 미혹한다. 그래서 미신이다.

그런데 이런 미몽에서 깨어나는 방법은 의외로 단순하다. 그 분위기가 실상이 아닌 허상이라는 것만 알면 집착력이 현저히 약해지는 것이다.

왠지 싫은 사람을 보아야만 할 때

사람에게는 누구나 배타적 요소가 있다. 준 것도 없는데 미운 사람이 있고, 받은 것도 없는데 좋은 사람이 있다. 누구도 예외가 아니어서 나 역시 누군가에게 호감을 품을 수 있고, 누군가가 나를 별 이유도 없이 미워할 수 있다.

사실 사람 미워하는 것만큼 힘든 것도 없다. 누군가를 미워하면 할수록 그가 내 감정을 점령하고 만다. 그러다가 불쑥 화라도 내면 까닭 없이 분노하는 사람 취급을 한다.

좋은 사람만 만나고 살아도 짧은 삶인 것을 안다. 하지만 세상 일이 어디 그런가. 첫 만남부터 일방 또는 쌍방이 비호감이 되는 경우도 종종 있다. 대부분 뉘앙스 문제인데, 몸짓과 말투 등 미묘한 시각 차이에서 비롯된다.

'첫인상부터 안 좋더니 끝까지 안 좋네.'

그럴 때마다 관계를 정리할 수도 없는 노릇이니 결국 나를 바꾸는 수밖에 없다. 첫인상이 비호감인 경우 큰 원한을 가진 사이도 아닌데 정서적으로는 오히려 오랜 원수보다 더 수용이 안 된다.

이처럼 괜스레 미워지는 사람이 있다면, 잠시만 그도 누군가에게는 '애틋한 이'라는 것을 생각해보라. 내게도 '애틋한 누구'가 있지 않은가.

애틋하게 보면 곰보도 보조개로 보이지만 미워하면 보조개도 곰보로 보인다고 했다.

다음은 자수성가한 어떤 분의 회고담이다.

> 편모슬하에서 오 형제가 자랐습니다. 힘든 일을 마친 어머니는 형제들이 한 이불 덮고 누워 잠들면 호롱불을 끄십니다. 그리고 자식들의 머리마다 손을 얹고 축복을 기원하셨습니다.
>
> "아비 없이 크는 내 새끼들, 잘 자라게 해주세요."
>
> 하나하나 조용히 어루만지시다가 막내 앞에서, 몸도 정신도 가장 약한 막내 앞에서는 울음만 삼키시곤 했습니다. 막내가 살아가야 할 세상을 생각하며 가슴이 미어지셨나 봅니다. 어머니에게는 막내가 아픈 손가락이었지요.
>
> 저는 막내를 바라보시던 어머니의 그 애틋한 눈길을 지금도 잊을 수가 없습니다. 그래서 전 누구든 잘 미워하지 못합니다.

Part 2
—
내 모습 그대로

달은 가져갈 수가 없구나

휘영청 달 밝은 어느 날 밤, 산기슭에 있는 료칸 선사의 오두막에 도둑이 들었다. 마침 선사가 외출하고 없어 도둑은 마음 놓고 안을 샅샅이 뒤졌다. 그런데 선사가 워낙 검소한 까닭에 마땅히 가져갈 게 없었다.

때마침 선사가 사립문을 열고 들어섰다. 선사는 재빨리 도망치려는 도둑을 보고 말했다.

"이 야심한 밤에 어딜 그리 급히 가시오? 여기까지 오셨는데 빈손으로 가서야 되겠소?"

그러더니 선사는 갑자기 옷을 훌훌 벗었다.

"여기 내 옷과 오늘 탁발한 식량을 모두 드릴 테니 가져가시오."

도둑은 선사의 옷과 속옷, 탁발 식량을 훔치듯 받아 들고는 산 아래로 줄행랑쳤다.

벌거숭이가 되어 그 모습을 바라보던 선사가 조용히 하이쿠를 읊었다.

밤손님아
들창에 걸린 달은
가져갈 수가 없구나.
(盜人に取り殘されし窓の月)

금수저의 위로

그래, 한 박자 느리면 어때

경쟁이 치열할수록 겉은 멀쩡한데 마음이 멍든 사람이 많다. 우리는 상대적 비교가 강한 문화에 살고 있으며, 이 문화는 개인의 수치심을 자극한다. 이 때문에 성과 위조, 망신 주기, 집단 소외 등의 유혹을 받게 된다.

누군가를 패자로 만들어야 승자라는 명예를 누리는 이 제로섬게임(zero-sum game)의 상처에서 자유로울 사람은 거의 없다. 어떻게 하면 이런 상처를 치유할 수 있을까?

"힘내, 아파야 청춘이야."

"아픈 만큼 성숙하는 거야."

이렇게 뻔한 위로의 말도 위로자가 누구냐에 따라 의미가 달라진다. 함께 아파할 만한 사람의 조용한 위로라면 그나마 힘이 되겠지만, 양지만 밟아온 '금수저'가 나서면 상처에 소금 뿌리는 격이 될 수도 있다.

그러잖아도 힘든 상황에서 금수저의 위로는 오히려 자기 위상을 드러내는 의도로 보여 위화감을 느끼게 하기 때문이다. 그렇기 때문에 금수저는 위로의 말을 건넬 때 자신의 기득권을 접어두고 함께 고된 환경을 개선하려는 의지를 다져야 한다.

스스로 치유하는 마음의 상처

힘겨울 때, 마음의 상처로 괴로워할 때,

같은 어려움을 경험했던 사람의 위로는 더욱 힘이 된다.

그래서 그들을 '상처받은 위로자'라 부른다.

그러나 상처의 치유는 어디까지나 스스로 이겨내야 이루어진다.

이때 자아(self)가 중요하다.

자아는 정신(spirit)에, 마음(mind)은 정서(emotion)에 더 가깝다.

이는 마음을 표현할 때 사용하는 형용사를 보면 알 수 있다.

고요한 마음, 흔들리는 마음, 즐거운 마음, 괴로운 마음…….

자아는 정신에 가깝기 때문에 강약의 차이는 있지만

우리 모두의 자아는 온존(溫存)한다.

그래서 멍든 가슴도 스스로 치유해내고 상황도 개선해 나간다.

마음의 상처는 보이지 않지만 세상 사람 누구나 다 있다.

다른 한편 자아가 강하면 상처받는 일을 당할수록

더 폭넓은 시야를 가지게 된다.

그런 사람들은 일부러 고난의 길을 택하기도 한다.

새로운 삶의 지혜와 자유가 거기에도 역시 존재하기 때문이다.

자아를 제자리에 돌려놓기

살면서 누구나 한두 번은 탈진(burn-out)을 경험한다. 그냥 주저앉고 싶고, 이대로 끝났으면 좋겠다 싶을 때가 있다.

경제 불황기에 회사 부도로 절망에 빠진 사람이 비 내리는 경부고속 도로의 곡선 구간을 달리고 있었다. 그때 뒤따라오던 차가 추월하면서 앞 유리에 물보라를 치고 지나갔다. 순간적으로 앞이 보이지 않았다. 자 칫 중앙차로를 넘어 출동할 수도 있는 위기의 순간이었다.

그런데 '인생이 이렇게 끝날 수도 있구나' 하는 생각이 잠시 스쳤지 만 오히려 마음이 더 평안해졌다. 다행히 핸들을 잘 잡고 있어서 사고는 일어나지 않았다. 비록 짧은 순간에 벌어진 일이었지만, 그 일로 이 사람 은 사고의 전환을 이룰 수 있었다.

자아가 약해 심리적 상처를 감당하지 못할 때 탈진에 빠진다. 약해진 자아는 어떤 계기로든 다시 강해지면 탈진 상태에서 벗어난다. 이렇게 한번 치료된 마음의 상처는 면역력이 생겨 이후 더 힘겨운 상황이 와도

담담하게 이겨낼 수 있게 된다.

약해진 자아를 어떻게 다시 세울 수 있을까.

먼저 기억할 것은 개인의 자아는 환경과 무관하게 온존한다는 점이다. 단지 강하고 약하고를 반복할 뿐이다. 자아를 강하게 한다는 것은 마치 숙였던 고개를 다시 세우는 것과 같은 이치다.

자아를 다시 세우려면 우선 탈진을 야기한 사건과 사람에게서 내 정신이 풀려나야 한다. 달리 말해 어떤 사건에 짓눌리지 말고 관조(觀照)해야 한다. 이는 단순히 잊어버리라는 뜻이 아니다. 그 사건(사람)을 내 삶에 일어난 수많은 사건(사람)의 하나로 여기라는 것이다. 내가 얻은 수많은 경험 중 유일한 경험이 아니라 하나의 경험으로 대하면 자아가 다시 회복된다.

이때 사건의 잘못을 규명하는 것과 관조하는 일은 다른 차원이다. 규명은 규명대로 하고 책임은 책임대로 묻되, 복수심에 눈멀지는 말아야 한다. 그래야 상처에 매여 있는 자아가 풀려나 제자리로 돌아간다.

관조

하기

본디 자아는 어떤 상처도 이겨낼 수 있다. 아니, 자아란 약해질 수는 있어도 마음과 달리 상처를 받지는 않는다. 정신은 관조하는 것이고, 마음은 느끼는 것이기 때문이다.

이는 마음이 약해질 때, 깊은 상처에 휘둘릴 때마다 곱씹어볼 말이다. 그러면 아무리 큰 상처를 입어도 극복해낼 수 있다. 그러니까 우리가 이렇게 살아 있는 것 아닌가.

'물끄러미 바라보는 것'을 관조라 한다. 저 산을, 바다를, 강물을, 논밭에 자라는 곡식을 물끄러미 바라본다. 이처럼 어떤 일을 관조한다는 것은 감정이입을 최소화하고 객관화시켜 바라본다는 것이다. 관조의 정신을 가진 사람과 그렇지 못한 사람은 같은 상황에서도 다른 반응을 보이게 마련이다.

오래전 내 사무실 근처의 학원에서 있었던 일이다.

원장과 트레이너 출신의 처남이 공동으로 투자해서 학원을 열었다. 처음에는 학원이 제법 잘되는 듯했는데, 점점 어려워지더니 끝내 건물까지 경매에 넘어가고 말았다. 그 후 원장은 날아간 투자금에 대한 미련을 떨쳐내지 못했지만, 처남은 비싼 인생 수업료를 냈다며 훌훌 털어냈다.

그 후유증으로 원장은 정신과 치료를 3년이나 받았는데, 트레이너 시절보다 더 궁색해진 처남은 달랐다. 훌훌 털고 일어나 작은 보습학원부터 다시 시작했고, 결국 재기에 성공했다.

이 일은 힘든 상황을 관조하고 현실에 맞서 일어선 사람과 사건에 짓눌린 사람의 차이를 잘 보여준다.

건강한
자아를
유지하는
방법

산다는 것은 늘 새로운 일을 만나는 것이다. 그럴 때마다 건강한 자아, 즉 강한 정신을 유지하는 방법은 무엇일까?

의외로 단순하다. 두 가지만 하면 된다.

먼저, 세상을 한 면만 보지 말고 다양하게 바라봐야 한다. 《회남자》의 〈인간훈(人間訓)〉 편에 나오는 새옹지마(塞翁之馬)를 기억하자. 화가 복이 되고, 복이 화가 되는 경우가 얼마나 많은가.

다음으로, 내 입장만 고집하지 말고 역지사지(易地思之)해야 한다. 누가 당신을 서운하게 할 때는 그 사람의 입장이 되어보라. 그럴 만한 사정이 있었을 것이다. 만나는 사람마다 '만일 내가 그 사람이었다면 나는 어떻게 했을까' 생각해보라. 비록 그 사람을 바꿔놓지는 못하더라도 폭넓은 삶의 지혜를 얻게 될 것이다.

편견을 버려라

　주관이 강할수록 자아가 강할 것 같은데 정반대다. 오히려 옹고집일수록 마음의 상처에 크게 휘둘린다.

　정신이 건강하다고 할 때 강도(强度)를 생각하기 쉬우나 진짜 강한 것은 부드러움 속에 있다. 태풍이 불면 큰 나무는 부러져도 갈대는 춤추는 것과 같은 이치다.

　다양한 관점이 있는데 하나의 관점만 붙드는 것이 편견이다. 독일의 사상가 테오도르 아도르노(Theodor Wiesengrund Adorno)는 편견의 심리적 배경을 파헤쳤다.

편견이 강한 사람들의 공통적 특징이 바로 권위주의다. 자신의 권위에 도전하는 사람은 누구든 증오한다. 그들에게 가장 중요한 것은 자신의 권위다.

이런 특징이 위계질서를 중시하고 강자에게 약하고 약자에게 야비한 행태로 나타난다. 아도르노의 편견 연구는 이렇게 인성의 상관 관계에까지 나아갔다.

파시스트적 성격을 지닌 사람일수록 편견이 심해서 권력자와 자신을 동일시하며, 인습에 무비판적이고 개혁주의적인 것을 반대한다. 이들을 '성인아이(adult child)'라고도 부른다.

아직 어릴 때는 성장 환경에 따른 편견을 가질 수밖에 없다. 그러나 성인이 되면 그런 좁은 세계관에서 벗어나야 한다. 동굴 속에 있을 때는 동굴만큼만 세상을 본다. 이것이 플라톤이 말하는 '동굴의 우상'이다.

편견을 버린다는 것은 동굴 밖으로, 저 광활한 대지로 뛰쳐나온다는 뜻이다. 그래야만 자아가 건강해지리니!

무리가 되지 않는 범위에서 돕자

우리의 마음은 묘한 부분이 있다. 자기 문제에만 매달릴수록 자아가 약해진다. 도리어 작게라도 다른 이의 고뇌를 도울 때 자아는 더 튼튼해진다.

구부정한 허리가 인상적인 마더 테레사(Mother Teresa).

그녀는 주름이 깊게 파인 얼굴과 거친 손으로 갠지스 강가의 병자들을 보살피며 죽어가는 이들과 함께했다. 환경은 더없이 열악했으나 마더 테레사의 내면, 즉 자아는 세상 무엇도 감당할 수 있을 만큼 강했다.

하버드 대학 교수였던 헨리 나우웬(Henri Nouwen) 신부도 그와 같았다.

그는 명색이 성직자라며 최고의 대우를 누리는 자신의 삶에 죄책감을 느끼고 더 이상 입술이 아니라 행동의 성직자가 되려고 페루의 빈민가를 찾았다. 그 뒤 하버드 대학의 교수로 되돌아갔던 그는 1985년 교수직을 사임하고 캐나다 토론토의 정신박약아 공동체로 들어갔다.

그날부터 헨리 신부는 빨래와 청소, 밥 짓기 등 허드렛일을 손수 하는 것은 물론 26세의 말 못하는 청년 아담도 돌보았다. 날마다 머리를 빗겨주고, 이도 닦아주고, 면도를 해주었다. 식사와 약도 챙겨 먹이고, 치료실까지 데리고 다녔다.

반복되는 이 일은 아무리 해도 끝나지 않을 것 같았고, 무의미하게 느껴질 때도 있었다. 그러다 어느 순간, 헨리 신부는 자신이 아담을 돕는 것이 아니라 자신의 마음이 아담 덕분에 치유되었다는 사실을 깨달았다. 이러한 경험을 바탕으로 그는 인간의 허위의식을 벗겨내며 심금을 울리는 《상처 입은 치유자》를 펴냈다.

사실 치유되지 않은 자신의 상처 때문에 자신과 가족을 내버려둔 채 이타적 행위에 몰두하는 이들도 있다. 도움을 받는 이들이 자신을 의지하게 함으로써 자기 존재감을 높이려는 무의식적 열망 때문이다.

우리는 마더 테레사나 헨리 신부처럼 살기가 쉽지 않다. 우리가 남을 도울 때 기본원칙은 자신에게 '무리가 되지 않는 범위' 내여야 한다는 것이다.

이봐, 젊은이!
넘어지면 다쳐

　우리는 살면서 수없이 많은 사람을 만난다. 자주 만나는 이도 있고 스쳐 지나가는 이도 있다. 그들을 어떻게 대해야 할까? 무리하지 말고 그냥 자연스럽게 대하면 된다. 무리한다는 것은 어떤 대가를 바라며 대하는 것이고, 자연스럽다는 것은 인간의 기본 도리 안에서 대한다는 것이다.

　중소기업을 운영하던 어떤 이가 부도를 맞았다. 그 일로 아내는 집을 나갔고 자식들도 뿔뿔이 흩어져 그야말로 집안이 풍비박산이 되었다. 그는 매일 술로 괴로움을 달랬다.

　어느 날, 그는 배가 너무 고파 어느 국밥집에 들어갔다. 그가 국밥 한 그릇을 게 눈 감추듯 먹어치우자 주인 할머니는 한 그릇을 더 내왔다. 가진 돈이라고는 한 푼도 없었던 그는 할머니의 눈치를 보다가 재빨리 도망을 쳤다. 그런데 후다닥 음식점 밖으로 달려 나가는 남자의 뒤로 할머니의 목소리가 들려왔다.

　"이봐, 젊은이! 천천히 가. 넘어지면 다쳐."

그 순간, 남자는 그 자리에 주저앉아 통곡을 했다. 국밥집 할머니의 말이 어머니의 목소리처럼 가슴에 다가왔기 때문이다. 자식이 못나도, 실패해도, 잘못해도 자식을 탓하기보다 먼저 걱정해주던 어머니…….

그는 이 일을 계기로 다시 용기를 내서 일용직 노무자부터 시작해 열심히 일한 끝에 예전보다 더 큰 사업체를 일구게 되었다. 그렇게 어엿한 사장이 되어 국밥집을 찾아간 그는 할머니에게 감사의 절을 올렸다. 그런데 할머니는 그를 한참만에야 기억해냈다. 할머니의 국밥을 먹고 몰래 도망친 사람들이 그만큼 많았던 것이다.

국밥집 할머니는 그에게 이렇게 말했다.

"내 인생 얼마 남지 않았어. 매일 100명 이상 손님이 오는데, 그중 몇 사람은 돈을 안 내고 몰래 나가. 그걸 알면서도 왜 놔두는지 알아? 덕을 쌓을 수 있는 일이 그것밖에 없기 때문이지. 이 가게를 팔아 줄 수는 없으니까. 그저 매일 밥 공양을 한다고 생각해, 밥 공양."

모파상의 '기분파' 일생

—

《여자의 일생》을 쓴 프랑스의 작가 모파상(Guy de Maupassant).

그는 문학을 시작하며 자기 기분 내키는 대로 살겠다고 결심한다. 그리고 10년 만에 유명 작가가 되었다. 돈도 충분히 벌었고, 언론도 우호적이었으며, 대중도 갈채를 보냈다. 파리에 대저택을 샀고, 노르망디에 호화로운 별장을 지었다. 지중해에 요트를 마련해 쉴 새 없이 애인을 바꾸며 즐겼다.

그런데 처음엔 즐기기 위해 쾌락을 찾았지만 차츰 쾌락을 위한 쾌락이 되어갔다. 그러다가 그는 당시에 가장 무서운 병이었던 매독에 걸렸고, 이렇게 말했다.

"나는 더 이상 매독에 걸릴까 봐 불안해할 필요가 없어졌다. 자랑스럽다."

GUY DE MAUPASSANT

이는 물론 자조적인 표현이었다. 그 뒤 모파상은 수시로 신세한탄을 했다.

"나는 내 기분 내키는 대로는 살았으나, 이제 와보니 내 마음조차 다스리지 못했구나."

병세는 점점 악화되어갔고, 삶의 의미를 잃고 지내던 그는 1893년 새해 첫날 자살을 기도했다. 모파상은 결국 정신병동에 갇힌 채 몇 개월을 더 살다가 세상을 떠났다.

기분에 끌려 살면 쾌락의 노예로 전락한다. 내 마음이 쾌락의 주인이 되어야 쾌락이 내 삶의 활력소가 된다.

고급쾌락,
저급쾌락

한적하고 어두운 시골길, 등불을 환히 밝힌 마차가 도회지의 귀족을 태우고 달린다. 귀족은 마차 안에 켜놓은 등불 때문에 밤하늘에 빛나는 은하수를 보지 못하고, 논과 들의 개구리와 풀벌레 소리를 보지도 듣지도 못한 채 졸고 있었다.

덴마크의 철학자 키르케고르(Sören Kierkegaard)는 이런 비유를 들어 고급쾌락과 저급쾌락을 구분했다. 고급쾌락은 태고부터 빛나고 있는 밤하늘의 별들과 풀벌레 소리를 듣고 즐기는 것이다. 반면 저급쾌락은 인위적인 세상의 즐거움이며, 그런 즐거움을 누릴 수 있다고 과시하는 것이다. 즉, 귀족은 저급쾌락에 빠져 마부가 누리는 고급쾌락을 누릴 수 없었다.

독일의 철학자 칸트(Immanuel Kant)는 고급쾌락을 위해 대학교수직도 거부했다. 베를린 대학교 외에 여러 대학에서 철학교수로 수차례 초빙했지만 모두 거절했다. 그는 고향인 쾨니히스베르크(오늘날 러시아의 칼리닌그라드)에서 단조롭게 사색하며 살기를 원했기 때문이다.

숲을 산책하며 사색하는 시간을 교수 직책보다 더 소중하게 여기다니! 칸트에게는 사색의 시간이 세상 그 무엇보다 소중한 쾌락이었던 것이다. 저급쾌락의 맛에 빠져 사는 사람들의 눈에는 칸트가 제정신으로 보이지 않았을 것이다. 그러나 칸트는 다른 이가 이해하지 못한다고 해서 자기 생의 고급쾌락을 포기하는 것을 가장 어리석은 짓으로 보았다.

약 간 의 열 등 감 이 필 요 하 다

· ·

교만과 겸손의 차이는 나 자신을 어떻게 보느냐에 있다. 거기에서 태도가 나오기 때문이다.

내게도 얼마큼의 열등한 부분이 있다고 인정하면 겸손한 사람이다. 이들은 자신의 부족을 알기 때문에 실패하더라도 다시 도전한다. 그러나 완벽하다고 생각하는 사람들은 실패를 견디지 못한다. 자신을 돌아보는 대신 실수를 인정하지 않고 변명하기에 급급하다. 내가 무엇을 잘 못했는지 돌아볼 수 있어야 그 실수를 다시 범하지 않고 원하는 일을 이루어낼 수 있다.

약간의 열등감은 인생의 보약이다. 이런 사람은 주변에서도 도와주려 한다. 하지만 자기 우월감이 지나쳐 완벽한 척하는 사람은 다르다. 이런 사람이 어려운 일을 당하면 스스로 잘해보라고 방관할 뿐 주변에서 선뜻 나서서 도와주지 않는다.

스스로 어딘가 부족한 점이 있다고 인정하는 사람이 완벽하다고 자처하는 사람보다 훨씬 인간미가 있고 미래도 더 밝다.

057
Part 2 _ 내 모습 _그대로

책임질 수 없으면
참견하지 말라

●

자신의 내면과 철학은 바르게 해야 하지만, 다른 사람의 일을 정죄하고 판단하는 것만은 가급적 삼가야 한다. 늘 나만 옳다고 주장하면 주변이 항상 피곤하게 마련이다. 우리의 삶은 어느 누구도 완벽히 올바를 수 없다. 이러한 삶의 불가능성을 인정해야 한다.

사람들에게 일어나는 일들은 어느 쪽에서 보느냐에 따라 옳고 그름이 바뀌는 경우가 많다. 나와 관점이 달라도 용인하는 것이 관용인데, 이를 프랑스에서 '톨레랑스(tolérance)'라 부른다.

유독 프랑스에서 관용 개념이 발달한 배경이 있다.

가톨릭의 지배를 받던 프랑스 중세사회에서 신교도들이 그들의 신앙도 인정해달라고 주장하면서 톨레랑스가 처음 등장했다. 한마디로 신앙에 관한 한 개인의 자유에 맡겨달라는 것이다.

1534년, 프랑스 구교가 신교를 박해해 종교 전쟁이 벌어졌다. 원래 신교도였으나 왕위에 오르기 위해 구교로 개종한 앙리 4세는 신교와 구교의 전쟁을 끝내기 위해 신앙의 자유를 허락하는 낭트칙령을 공표한다. '관용의 칙령(edict of tolérance)'이라 불리는 이 칙령에 따라 역사상 처음으로 관용이 제도화된다.

당시 볼테르는 이런 유명한 말을 남겼다.

"나는 당신의 사상에 반대한다. 그러나 당신의 사상의 자유를 위해서라면 내 목숨도 바칠 것이다."

그 후 톨레랑스는 문화와 정치 등 모든 분야에서 '다름'을 받아들이는 개념으로 확대되었다. 즉 '다름'은 다른 것일 뿐 '틀림'이 아닌 것이다.

톨레랑스 속에는 인간의 생각이 절대적일 수 없다는 대전제가 깔려 있다. 각기 의견이 달라야 정상이고, 다른 견해도 존중하는 것이 또한 정상이다.

자기만 옳다고 생각하는 사람은 여기저기서 훈장 노릇을 하고 다닌다. 낙태를 해서는 안 된다, 결혼은 꼭 해야 한다, 아이도 둘 이상을 두어야 한다…… 종교든 무엇이든 타인의 인생을 책임질 것도 아니면서 남의 일에 참견하는 것은 참으로 무례한 짓이다.

산도 강도 나무도 놓아두라 ———

기원전 인도 문명의 발상지인 인더스 강 유역에서는 '리타'를 섬겼다. 리타는 산스크리트어로 '움직인다'는 뜻이다. 그래서 리타를 섬긴다는 것은 움직이는 모든 것, 즉 벌레까지도 존중한다는 뜻이다.

이는 동상을 세우고 상징물이나 초상화 앞에서 의식을 치르는 종교와는 판이하게 다르다. 사원이나 성상 등 정적인 어떤 물체가 아니라 운동하는 모든 것이 다 섬김의 대상인 것이다.

무엇이 움직이고 있을까?

대우주가 움직이며, 사계절과 낮과 밤이 돌고 있다. 소우주인 인간도 움직이고, 짐승도 움직이며, 미물도 움직인다. 그래서 미물이라도 죽이면 우주질서를 어지럽히는 것, 곧 리타신을 모독하는 일이다.

당연히 사람은 우주의 주인이 아니다. 사람은 우주의 일원이므로 삼라만상의 변화, 즉 자연의 움직임에 맞춰 살아야 한다. 개발이라는 이름으로 산을 헐고, 강을 메우고, 아름드리나무를 베어낼 것이 아니라 그대로 두고 거기에 맞춰 살아야 한다는 것이다.

잘 맞이하고 잘 보내주기 ———

아무리 귀한 자식도 때가 되면 다른 둥지로 가야 하고, 나는 새도 떨어트리는 권력 또한 세월이 흐르면 내려놓게 되어 있다. 지나친 애착이 집착이 되고, 집착은 악연을 창출한다. 그런 악연은 또 악연을 낳으며, 인연의 실타래는 더욱 엉키기만 한다.

인간의 생로병사는 사계절과 닮았다. 세상 무엇이든 만남과 헤어짐이 순환한다. 이런 회자정리(會者定離)의 순리를 억지로 막으려는 것이 집착(執着)이며, 흘러가는 것을 막으려는 것이 애착(愛着)이다.

세월은 오고 가고 사람도 오고 간다. 가는 사람 잡지 말고 오는 사람 막지 말아야 한다. 보내야 할 때인데 억지로 붙들고 있는 것만큼 서로에게 못할 짓도 없다. 가야 할 때 서로 미련 남기지 말고 기분 좋게 보내주고, 만나야 할 때 꺼리지 말아야 한다.

모든 것은
타이밍

    너무 늦지도 너무 빠르지도 않게 바로 그 시간에 그 장소에서 해야 할 일이 있다. 때와 장소에 맞지 않는 행동을 가리켜 주책없다고 한다. 로마에 가면 로마법을 따르되, 마음에 안 들면 그 법을 고치려는 노력을 기울이면 된다.

    어디를 가든 자신에게 주변을 맞추려고 하는 사람이 의외로 많다. 자기를 따라주지 않으면 다 바보들이라고 책망한다. 이야기를 나눌 때 자기 경험이나 지식만 드러내려 애쓰지 말고 흐름을 타야 무리가 없다.

    그 장소의 분위기, 그 시간의 주요 관심을 읽는 관찰력을 기르면 어디에 가든 환대를 받는다. 그 환대가 곧 변혁의 원동력이 된다.

생의 사계절과 라이프 플랜

　인생에도 타이밍이 있다. 일할 때가 있고 쉴 때가 있다. 일할 때 일해야 쉴 때 잘 쉴 수 있다.

　고대 인도인은 인생의 타이밍대로 따라가는 것을 해탈(解脫)이라 했다. 그들은 인생을 네 주기로 나눴다.

　20세까지가 인생의 봄이다. 구루(guru, 스승)를 만나 열심히 배우고 익힌다.

　인생의 여름인 성인기에는 돈도 벌고 결혼하고 자녀도 기른다. 이를 재가기(在家期)라고도 한다.

　생의 가을이 왔다 싶으면 이제 숲속으로 들어간다. 이를 임서기(林棲期) 또는 은둔기(隱遁期)라 한다. 세속의 소유물을 버리고 인연을 하나씩 정리하며 삼라만상에 대한 경외심을 품고 수행 생활을 한다.

　인생의 겨울이 되면 누더기 한 벌과 바리때 하나를 든 탁발 걸식을 시작한다. 이때가 유행기(遊行期)로 유랑을 통해 사바 세계에 대한 미련을 끊고 해탈을 향해 나아간다.

이들이 생의 마지막에 탁발승을 하는 이유가 있다. 살아보니 무엇보다 '참 나'가 소중하고 그것이야말로 우주의 본질이라는 것이다. 색(色)·수(受)·상(想)·행(行)·식(識)이라는 오온(五蘊)으로 말미암아 의식이 생겨나는데, 그 의식이 생기기 전의 자기로 돌아가는 준비가 탁발승 행각이다. 이는 더 이상 보이는 것에 연연하지 않고 현상계를 뛰어넘어 참 나로 회귀한다는 의미도 있다.

우리 사회도 이렇게 흘러가면 좋을 듯싶다. 젊어서는 성실히 배우고 벌며, 생의 가을이 되면 수행하고, 생의 석양이 더 깊어지면 세상에 대한 미련을 끊는 분위기가 조성되면 좋겠다. 특히 재벌이나 기득권 세력에서 이런 사람들이 많이 나와야 한다.

하지만 숨질 때까지 욕심을 버리지 못하고 추태를 부리는 이들이 너무 많다. 자신을 정말 사랑한다면 참 나를 억누르는 세상 욕망에 초연하게 된다.

천

천

히

서

두

르

라

"시작이 반이다"라는 속담이 있듯 무엇을 이루려면 일단 신속하게 단행해야 한다. 어떤 일을 준비 없이 시작하는 것도 피해야 하지만, 준비만 하다 마는 것보다는 그래도 과감하게 착수하는 것이 훨씬 낫다.

고대 로마의 초대 황제 아우구스투스(Augustus)는 측근들이 일이 급하다면서 허둥대기만 하는 것을 자주 목격했다. 사실 그렇게 소란만 떨다가 용두사미(龍頭蛇尾)로 끝나는 경우가 대부분이었다.

그래서 아우구스투스는 측근들에게 입버릇처럼 말했다.

"페스티나 렌테(festina lente)."

'천천히 서두르라'는 뜻이다. '렌테'에는 '계획적 끈기를 지닌 주도면밀함'이라는 뜻이 있다. 즉, '페스티나 렌테'는 무슨 일이든 과감히 시작하되 마음만은 여유를 가지라는 말이다.

Part 3
—
나도 인간이란
말입니다

세 상 에 서

가 장

사 랑 스 러 운   이 는   ──

　　인도 코살라국의 왕 파세나디에게는 말리카[末利, 재스민꽃]라
는 별명의 현명한 왕비가 있었다. 그녀는 늘 하얀 말리카를 머리에 두르
고 다녔다.

　　어느 날, 왕과 왕비는 높은 누각에 올라 끝없이 펼쳐진 코살라
국의 산야를 바라보았다. 감상에 빠져 있던 왕이 문득 왕비에게 물었다.

　　"말리카여, 오늘 그대는 그대 머리에 두른 꽃보다 더 곱구려.
그대는 이 너른 산야에서 그대보다 더 사랑스러운 사람이 있소? 있다면
누구요?"

　　왕은 내심 '당신이 세상에서 가장 사랑스런 사람'이라는 대답
을 기대하고 있었다. 그런데 왕비는 잠시 머뭇거리더니 의외의 대답을
했다.

　　"왕이시여, 이승에서 가장 사랑스러운 사람은 바로⋯ 저 자신
입니다. 왕께서도 자신을 가장 사랑하지 않으시나요?"

"그렇소? 나도 그렇게 생각하오."

왕은 약간 퉁명스럽게 대답하고는 휘적휘적 누각을 내려갔다. 왕은 궁으로 돌아가 자신을 가장 사랑하는 것이 왕으로서 올바른 일인가를 고민했다. 결국 그 궁금증을 해결하기 위해 기원정사(祇園精舍)로 석가모니를 찾아갔다. 왕비와 나눈 대화를 전하고 가르침을 구하자 석가모니는 눈을 감고 나지막이 시를 읊었다.

보라, 세상에 자신보다 더 사랑스러운 것은 없나니.

비록 몸은 여기 있으나 생각이야 어디에든 갈 수 있다.

오랜 고향 산천도, 친구도 그려볼 수 있다.

그런 그리움도 접고 다시 하던 일을 할 수도 있다.

자신을 버리란다고 버릴 수 있는 것은 아니니,

자기가 없이 더 사랑스러운 이를 그리워할 사람이 누구랴!

온 사방을 다녀보아도, 어떤 경우를 만나도 똑같다.

그 무엇도 자신보다 더 사랑스러운 것은 없나니,

자기 자신의 사랑스러움을 깨우친 이는 동시에

다른 이도 그 자신을 사랑스럽게 여긴다는 것을 깨닫는다.

그때부터 더는 남을 해치지 않는다.

석가모니의 시를 들은 왕은 무릎을 쳤다.

"아하! 자기 사랑이야말로 남을 해치지 않는 첩경이로구나."

이로써 왕은 잠시나마 섭섭했던 마음을 풀게 된다. 자신을 귀하게 여길 줄 아는 자만이 남도 귀하게 여긴다는 깨달음을 얻고는 왕비와도 더 사랑하며 지냈다.

모든 것은 자기에서부터 출발한다. 사랑도, 미움도, 희망도, 절망도. 나를 증오하면서 다른 사람을 귀하게 여길 수는 없다. 나를 소중히 여기는 사람이 다른 사람도 소중하게 여긴다.

각자
자신만의
성역이
있다

현대문명을 이룬 서구분명의 뿌리인 헤브라이즘과 헬레니즘.

헤브라이즘은 유대교, 헬레니즘은 헬라의 철학사상으로 공통점이
라면 모두 자연을 조작 대상으로 본다는 점이다.

유대교 전승에 유일신이 자연을 만들어 인간에게 주며 정복하라 했
다. 헬라철학의 대부 플라톤도 사물을 본질이 아닌 하나의 질료(質料)라
보았다. 이데아가 본질이고, 눈에 보이는 사물은 이데아의 그림자라는
것이다.

얼핏 《구약》의 창조론과 비슷하다. 유일신이 만물을 만들고 자기 형
상을 따라 흙으로 사람도 만들었다는 것이다. 이에 따르자면 이데아는
천국이 되고 질료는 세상이 된다.

그러나 아리스토텔레스는 대상의 본질이 이데아로서 따로 존재하

는 것이 아니라 대상 그 자체에 내재되어 있다고 보았다. 아리스토텔레스는 플라톤의 종교적 철학에서 과학적 철학의 방향으로 나아갔다.

　여기 꽃이 있다. 이 꽃의 형상은 이데아에 있지 않고 씨앗 속에 가능태로 존재하다가 발아한 뒤 현실태가 된다. 천상의 이데아에 꽃의 형상이 있고 그 반영물로서 꽃이 있는 것이 아니라는 말이다. 따라서 더 이상 천상의 이데아로 현실을 해석할 필요가 없고, 현실 속에서 본질을 찾을 수 있다.

　천상의 이데아가 따로 있지 않다. 바로 내 속에, 네 속에, 사물 속에 천국이 있고 그 모습 그대로 이데아가 있다. 내 속에 성역이 있는 것이다.

나도
인간이란
말입니다

우리 속에 이데아, 즉 성역이 있다. 그런데 이 성역이 파괴되는 것은 언제일까?

첫째, 남과 비교하면서부터다.

나를 중심으로 남을 본다면 남의 속에 있는 이데아를 무시하는 것이고, 타인의 눈을 의식해 나를 비하한다면 내 속의 이데아를 무시하는 것이다. 남들이 다 한다고 나도 해야 하고, 남들이 안 한다고 나도 그만둘 필요는 없다. 남이 뭔가를 하더라도 하지 않을 수 있고, 남들이 하지 않더라도 필요하면 할 수 있어야 한다. 이것이 이데아를 지닌 나에 대한 품위이자 예절이다.

실존인물인 '조르바'를 주인공으로 한 소설 《그리스인 조르바》의 작가 니코스 카잔차키스(Nikos Kazantzakis)는 이렇게 말했다.

"나는 아무것도 바라지 않고 아무것도 두려워하지 않는다. 나는 자유다."

그가 만난 60대의 조르바도 거침없는 대자유인이었다. 무엇을 하느냐고 묻자 조르바는 "닥치는 대로"라고 답하고는 "사람이 하던 일만 한다면 무슨 재미가 있겠느냐"고 반문한다.

그는 확실한 직업도 없이 여기저기 떠돌며 광부, 악기 연주자, 전투병, 행상 등 닥치는 대로 일했다. 그러면서 굶주려보기도 했고, 심지어 도둑질에 간음까지 해보았다.

그런 조르바에게 악기를 연주해달라고 하자 조르바가 말했다.

"무엇이든 강요하면 저와는 끝입니다. 나는 인간이란 말입니다."

"무엇이 인간인데요?"

"자유."

형이상학적 고뇌에 빠져 지내던 카잔차키스도 조르바를 만난 후에 세 가지를 경험하게 된다. 먼저 체면, 직업, 생활 등 모든 근심에서 해방되는 자유를 경험한다. 또한 꽃과 나무는 물론 돌멩이 하나까지 신비롭다고 경탄하는 조르바를 통해 자연의 경이로움에 눈을 뜬다.

그때부터 카잔차키스는 자신과 모든 만물에 깃든 천상의 신비를 보기 시작했다. 그리고 깨닫는다. 천국은 장소가 아니라 각자의 본성 속에 깃든 이데아이며, 바로 이 이데아가 우리 모두의 공동 기반이라는 것을.

친밀해도 생각 차이는 있다

아무리 친한 사이라 해도 서로 이해할 수 없는 각자의 사정이 있게 마련이다. 이 점을 받아들이면 설령 그 사람의 행동이 이해가 안 된다 해도 그를 극단적으로 부정하지는 않을 것이다.

세상이 지구촌화되면서 여러 나라를 쉽게 드나들 수 있게 되었다. 그럴 때마다 사는 곳이 다르고 피부색과 눈빛이 달라도 사람은 결국 같은 존재라는 것을 느끼게 된다. 겉으로 보이는 외모만 서로 다를 뿐 아플 때 울고, 좋을 때 웃고, 사랑 앞에 약해지는 것은 비슷하다.

세상 어디에서도 좋은 인간관계는 기본적인 신뢰 위에서만 유지된다. 적어도 일부러 속이지는 않는다거나, 해야 할 일을 해내는 사람이라는 것 등이 기본적인 신뢰다.

이러한 인간관계의 가장 큰 장애는 무엇일까?

그래, 한 박자 느리면 어때

이러이러해야 한다는 고정관념이다. 이런 고정관념의 피해를 보는 이들은 아쉽게도 가장 가까운 사람들이다. 아무리 가깝고 아무리 내 마음대로 다룰 수 있는 사람이라 해도 그의 생활방식, 취미, 신념 등에 대해서까지 동질성을 강요해서는 안 된다.

또한 그가 어떤 말을 하지 않을 때도 어설픈 추측으로 속마음을 헤아린다거나 털어놓을 것을 강요하지 말고 그저 참아주는 것이 필요하다. 나중에 그의 사정을 알고 나면 크게 후회할 수도 있다.

생각이 다르다고 해서 비난할 일이 아니다. 내일이 되면 내 생각도 변할 수 있기 때문이다.

오늘의 잘못, 어제의 잘못

오늘 남이 저지른 잘못은

어제 네가 저지른 잘못임을 기억하라.

– 윌리엄 셰익스피어(William Shakespeare)

그래, 한 박자 느리면 어때

존 스타인벡의
'진주'와
부끄러움

존 스타인벡의 작품 《진주》에는 한 남자가 등장한다.

어느 날, 남자는 크고 귀한 진주를 손에 넣고 매우 행복해한다. 그러나 그 행복도 잠시, 진주를 자세히 들여다보던 그는 조그만 흠집 하나를 발견한다.

'이 흠만 제거하면 이 진주는 세상에서 가장 값비싼 보물이 될 거야.'

그런 마음으로 그는 작은 흠을 제거하기 위해 진주를 한 꺼풀 깎았다. 그런데도 아직 흠이 조금 남은 것 같아 다시 한 꺼풀을 깎았고, 그래도 완벽하지 않자 계속 깎았다. 마침내 진주의 흠집이 사라졌을 때 그의 손에는 볼품없고 작은 진주만이 남아 있었다.

세상 모두가 귀하게 보는 존재라도 그 나름의 흠과 허물이 있게 마련이다. 내게 천금처럼 소중한 존재 역시 흠과 허물이 있다. 그처럼 우주에 완전무결한 존재는 없다.

흠 없는 것이 없지만, 그 가운데서도 인간이 가장 흠도 많고 허물도 많다. 그런데도 인간을 만물의 영장이라 부르는 이유는 무엇일까? 맹자

(孟子)가 인간의 특징으로 언급한 '수오지심(羞惡之心)' 때문이다.

여기 '수(羞)'가 뜻하는 것이 '부끄러움'이다. 인간만이 자기 잘못을 깨닫고 부끄러워한다. 역으로 수치를 모르는 인간은 짐승만도 못하다는 말이 된다.

우리는 언제 부끄러워할까? 홀로 흠모하는 사람 앞에서 내 모습이 어찌 보일까 부끄러워하고, 자기 잘못을 수치스러워한다. 그래야만 자기발전과 교정이 가능하다. 존재론적인 약점은 행동으로 표출되는 잘못이 아니다. 따라서 약점은 관리 대상이고, 잘못은 교정 대상이다.

그러나 수치를 모르는 사람은 자기 약점을 감추고 잘못을 변명하는 대신 남의 약점을 끄집어내서 비판하고 잘못을 드러내서 쓰러트리려 한다. 이들이 곧 이중인격자이며 인격살인자다.

인생은 미완성

● ● ●

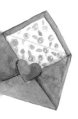

완벽한 사랑, 완벽한 구원, 완벽한 신뢰?

삶의 정황상 불가능하다. 그저 기본적인 선에서

사랑과 구원과 신뢰를 위해 최선을 다할 뿐이다.

만일 선험적으로 완벽한 무엇이 있다면?

그토록 사람들의 생각이 다양할 수 없고,

주기적으로 사조(思潮)가 바뀔 수 없다.

미완성일 수밖에 없는 인생이 완성되었다고 생각하는 순간

또 다른 미완의 상태가 된다.

완벽주의자들은 그 미완의 상태를 부정하려고 하며,

그럴수록 더 편협한 사람이 된다.

오래전에 히트했던 가요의 노랫말 그대로,

인생은 언제나 미완성이며 쓰다가 마는 편지인 것이다.

포장도로 틈새의 작은 꽃

● ● ●

40도를 넘나드는 무더운 여름날 오후,

서울 마포구 합정동 버스정류장에서 문득 펜스 옆 보도블록 사이로

홀로 피어난 작디작은 꽃을 보았다.

모두 더위에 지쳐 힘겨워하는 가운데서도

그 꽃 한 송이는 의연했다. 얼마나 대단해 보이던지!

그래서 더 아름다워 보였다.

그 꽃이 싹을 틔운 틈새가 얼마나 고맙던지

찌는 더위도 잊은 채 한참을 바라보았다.

그러다가 문득 이런 생각이 들었다.

도로의 아스팔트를 걷어내고 미세한 벌집 모양의

단단한 재질을 깔면 어떨까? 흙도 숨을 쉬고 빗물도 스며들고

작은 식물도 살아갈 수 있도록…….

깊이 연구해본 사람들만 아는 것

어떤 분야든 깊이 연구를 해본 사람들만 깨닫는 비밀
이 있다. 이들은 인간에게 주어진 시간에서 누구나 대동소이한 수면 등
기본적인 생리의 충족에 들어가는 시간을 제외하면 깊은 전문성을 갖추
는 시간을 확보하기가 얼마나 어려운지를 잘 안다.

흔히 '1만 시간의 법칙'을 이야기하지만 오롯이 어
느 분야에 그만한 시간을 투자하기도 어렵고, 설령 1만 시간을 달성했
다 해도 시대가 변하면 또 새로운 역량을 갖춰 나가야 한다. 요즘처럼 한
분야가 아니라 융합형 역량을 요구하는 시대에는 더욱 그렇다.

무엇이든 깊이 연구해본 이들은 겸손하게 마련이다.
무엇을 알면 알수록 더욱더 겸손해질 수밖에 없기 때문이다. 또한 아무
리 유명한 석학이라도 빈곤한 구석이 많다는 것을 잘 알기에 열광하지
는 않는다. 벼는 익을수록 고개를 숙이고, 쭉정이는 시간이 흐를수록 뻣
뻣해진다.

상대성과 완벽주의

시대마다 그 시대의 문화에 따른 완벽주의의 모습이 다르다. 완벽주의를 추구하는 사람들은 그 시대가 추구하는 이상형에 근접하려고 한다. 즉, 완벽주의도 하나의 문화적 현상을 벗어나지 못한다.

조선시대가 추구한 이상형과 이 시대가 추구하는 이상형은 다르다. 조선의 미인형과 지금 시대의 미인형도 다르다. 그래서 '이상적'이라는 용어는 한 시대의 논리에 불과한 것이다. 결코 시대를 초월한 절대적 가치가 될 수 없다. 오늘 내가 한 어떤 실수가 다른 시대의 어느 곳에서는 미덕이 될 수도 있다는 것이다.

시대정신과 부합한 완벽주의는 분명 그 시대에는 경탄을 불러일으킨다. 그러나 트렌드가 바뀌면서 머잖아 개선의 필요성이 대두될 것이

다. 역사적으로 이 점에서 예외는 없다. 사상이나 미모나 그 어떤 것도 마찬가지다. 그런데도 완벽을 중시하는 사람들은 누가 뭐래도 자신이 알고 있는 것이 진실이며 늘 정확하고, 늘 최고라는 신념에 사로잡혀 있다. 이들은 자신의 허점이 드러나는 것을 못 견디고, 그럴 때 거짓말과 모함도 서슴지 않는다. 사실 허점이란 거짓도 악행도 아니고 인간의 숙명적인 단점일 뿐인데, 완벽주의자들은 이것조차 용납하지 못한다. 이들에게 최고의 가치란 외부로 보여지는 완벽한 이미지이기 때문이다.

사람이 온통 허점투성이면 안 되겠지만, 적당한 허점은 긴장을 완화시켜 인간관계를 원활하게 해주기도 한다. 어느 정도가 적당할까? 20% 정도의 허점이면 될 것 같다.

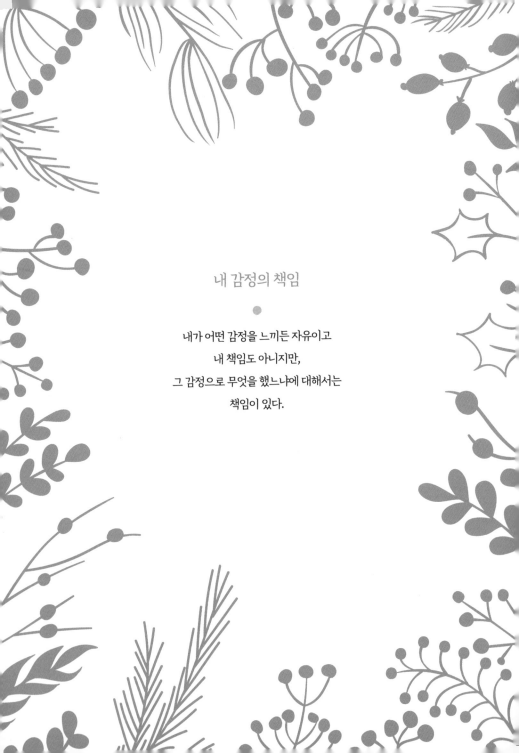

내 감정의 책임

내가 어떤 감정을 느끼든 자유이고
내 책임도 아니지만,
그 감정으로 무엇을 했느냐에 대해서는
책임이 있다.

우리 각자가 소우주

우리의 자족(自足)은 완벽한 데서 오는 것이 아니라 있는 그대로의 정체성을 긍정하고 감사하는 데서 온다. 이렇게 자족할 수 있는 존재이기에 한 사람 한 사람, 그 자체가 소우주다. 이런 소우주들이 모여 사회라는 은하계를 이룬다.

은하계가 각 행성 자체로 자족하면서도 행성 간의 인력으로 유지되듯 나 자신은 불완전한 모습 그대로 충분히 아름답고 존재의 의미도 있다. 그런데도 자신의 불완전성을 누군가가 반드시 하나가 되어 채워야 한다면 어떻게 될까?

행성은 가까이 다가가는 순간 충돌해서 산화한다. 마찬가지로 부부 또는 부모, 자녀, 연인 등도 하나가 되어야만 할 때 양쪽 모두 재가 되고 만다. 그래서 아무리 소중한 관계라도 완벽한 하나라 하지 않고 가까운 '사이'라고 표현하는 것이다. 이 사이가 있어야 소중한 관계를 잃지 않는다.

그냥 **네 일**이나 잘해

"너 무슨 콤플렉스 있냐?"

마치 자신은 그 콤플렉스에서 자유로운 것처럼 이렇게 물어보는 사람이야말로 인생을 잘 모르는 사람이다. 사람이 신이 아닌 이상, 또한 세상이 그렇게 만만하지 않기 때문에 누구도 콤플렉스에서 자유로울 수 없다.

인간은 부족한 점이 있다는 것을 인정하면 의외로 좋은 기회를 많이 만날 수 있다. 더 이상 어떤 일에도 소홀하지 않고, 다른 사람의 장점을 인정해주는 능력도 배양된다.

헨리 데이비드 소로(Henry David Thoreau)는 이렇게 말했다.

"간소하게 살라, 간소하게. 제발 여러분의 일을 두세 가지로만 줄여라. 백 가지, 천 가지 일과 관련하지 말라."

이는 남보다 우월하게 잘하고 집중하는 일을 단출하게 줄이고 나머지는 좀 못나도 된다는 뜻이다.

그래, 한 박자 느리면 어때

어떤 콤플렉스도 고유한 나만의 것은 없다. 정도의 차이가 있을 뿐 누구나 어떤 종류의 콤플렉스를 지니고 있다. 우주 안의 지구에는 위아래가 없다. 다시 말해 누구든지 우열의 자리에서 돌고 돈다.

만약 당신이 지금 뭔가를 누리고 있다면 그것을 예외적인 복이라고 생각해야지 그것을 누리지 못하는 사람을 무시할 일은 아니다.

그런데도 누군가가 콤플렉스가 있느냐고 다그친다면, 그때는 웃으며 이렇게 타일러주면 된다.

"그냥 네 일이나 잘해."

지나간 일은
지나간 대로

그래, 한 박자 느리면 어때

■ ■ ■ ■ ■ ■ ■ ■

지나간 일에 미련을 두는 것처럼 미련한 일은 없다.

그래도 미련이 남거든 이렇게 생각해보라.

과거의 어떤 것도 이제 와서 새롭게 바꿀 수 있는 것은 없다.

당신이 어떤 감정을 갖든 과거는 그대로 과거일 뿐이다.

과거가 의미를 가지려면 지난 일에 도취되거나 회한을 품는 대신

그 일에서 깨달음을 얻는 것뿐이다.

■ ■ ■ ■ ■ ■ ■ ■

당신, 어른이잖아

"당신 어른이잖아? 언제까지 남 탓만 할 거야?"

사람들은 이런 말을 자주 한다. 그런데 누가 어른인가? 정신연령과 신체나이는 다르다. 어려도 주체적인 삶을 살면 어른이고, 나이가 들었더라도 의타적이라면 아직 아이다.

그리스신화에 나오는 미소년 나르키소스는 연못에 비친 자기 얼굴에 반해 상사병으로 죽었다. 이 신화에서 미국의 사회학자 쿨리(Charles H. Cooley)의 '거울 자아 이론'이 나왔다.

'거울 자아(looking-glass self)'는 다른 사람이 나를 어떻게 보는지에 대한 '나의 느낌'이다. 거울을 보고 내 모습을 파악하듯 타인의 반응을 보고 자신의 심리적 자아를 파악한다. 즉, 유아 때 '나'라고 하는 자의식이 사회적 상호작용을 통해 시작된다는 것이다.

만일 아동이 부모 등 '중요한 타인'에게서 상호작용을 제대로 받으며 자랄 경우 자아존중감이 상승하고, 그러지 못할 경우 심리적으로 결핍되어 자아존중감이 낮아진다.

이처럼 성장 중인 아동에게는 '중요한 타인'이 어떻게 반응해주느냐가 자의식의 형성에 절대적으로 영향을 미친다. 하지만 일단 성인이 되면 스스로 자기의 가치를 인정하고 살아가야 한다. 만일 성인이 되고 나서도 다른 이들에게 자기의 가치를 입증 받아야만 겨우 자기존재감을 확인한다면, 바로 그가 '성인아이'다.

우리 주변에는 성인아이가 너무 많다. 그들은 소리 없이 아우성친다.

'나를 좀 알아주세요.'

'나를 좀 바라봐요. 당신의 인정과 갈채가 필요해요.'

그래도 주목하지 않으면 화를 내고 좌절한다.

어른이 되어서도 그렇게 자신의 가치를 입증하기 위해 낭비하는 시간이 얼마나 많을까? 심지어 거액을 희사하면서까지 종교 단체의 직분을 맡으려 하는 사람도 있다.

석가모니는 이를 잘 알았기에 '자등명법등명(自燈明法燈明)'이라는 유언까지 남겼다. 어떤 신이나 지도자도 믿지 말고 너 스스로를 믿고 살라는 말이다.

성인(成人)은 몸만 큰 사람이 아니다. 정신적으로 자기 가치를 스스로 존중하고, 자기 길의 등불이 되는 사람이 바로 성인이다.

스스로
존중할 것,
스스로
당당할 것

<u>당신의 한 번뿐인 삶을 하나뿐인 당신의 방식대로 살라.</u>
어깨를 펴고, 배에 힘을 주고, 정면을 응시하며 당당하게 걸어라. 내 식대로 살되, 타인에게 해악을 끼치지만 않으면 된다.

머리 모양도 옷차림도 당신의 방도 원하는 대로 꾸며보라. 결혼도 그렇다. 하고 안 하고는 당신의 자유다. 남에게 피해를 주는 것이 아니기 때문이다.

눈에 거슬려 하는 사람들도 있겠지만, 그것은 그의 책임일 뿐 내가 고민할 일은 아니다. 만일 혼자 사는 게 편하거나 자유연애를 원하면 결혼하지 않는 게 좋다.

버지니아와 레너드 울프, 사르트르와 보부아르처럼 결혼하고도 자유연애를 허용한 커플도 있다. 물론 화가 마르크 샤갈, 알폰스 무하처럼 변함없이 한 사람을 사랑한 이들도 있다. 모두 자기의 가치관에 따라 사는 것이다.

요즘 왜 졸혼(卒婚) 등 기존의 혼인제도에 균열을 내는 문화가 생겨날까? 일부일처제라는 경직된 제도가 개인의 선택의 자유를 옥죄기 때문이다. 가족을 보는 시각도 바뀌어야 한다. 편부모 가정에 대한 '역기능 가정'이라는 표현은 얼마나 모욕적인 낙인인가?

같이 사는 것보다 이혼이 더 좋은 가정도 있고, 천륜을 나눈 가족이라지만 헤어져서 더 행복하고 원만하게 성장할 수 있는 경우도 있다.

인생에 정답은 없다.

그물에 걸리지 않는 바람처럼 당신의 방식대로 살라.

태도를
비난하는 것은 아니다

우리는 태도로 사람을 평가하는 경향이 강하다. 그의 내면을 볼 수 없다는 이유 하나만으로 태도를 따지고 든다.

"다리 떨지 마. 눈에 거슬려."

"왜 그렇게 쳐다보는 거야?"

"옷 입은 꼴 좀 봐."

"쩝쩝대며 먹지 마."

하지만 자신이 있을수록 창의적일수록 태도가 자유롭다. 형식에 얽매이는 것을 싫어하기 때문이다.

태도가 좋다는 것은 무엇을 말하는가?

누군가가 또는 어떤 집단이 좋아하는 태도가 이미 존재한다는 것이다. 거기에 부응해야 호감을 얻을 수 있다. 만약 집단 정서를 거부하려고 일부러 어깃장을 놓는 것이 아니라 무의식적으로 자유로운 태도를 취한다면? 무심하게 바라보고 수용해주어야 한다. 사실 누가 어떤 태도를 보이든 그것은 개인의 취향에 불과하다.

평소 음식을 쩝쩝대며 먹거나 밥그릇에 반찬을 쌓아두고 먹어야 맛이 난다는 이들이 있다. 물론 쩝쩝대는 소리가 귀에 거슬린다. 하지만 누구에게 피해를 주는 것도 아닌데 내 귀에 거슬린다고 해서 그의 태도까지 나무랄 수는 없는 노릇이다.

물론 타인을 무시하려고 일부러 비아냥대고 지연시키고 무시하는 등의 태도는 고쳐야 한다. 하지만 개인의 기호나 취향에서 비롯된 태도라면 관용이 필요하다. 어떤 사람의 태도를 보고 평가하기 시작하면 선입관이 생겨 진정한 내면을 볼 수 없다. 사실 속이 텅 빌수록 사기꾼일수록 그럴듯하게 포장하고 다니는 경우가 허다하다.

나와 다른 다양한 취향을 보는 것도 생경한 즐거움의 하나다. 별 뜻도 없는 상대의 태도를 보고 무시당했다고 느끼는 것이야말로 과한 반응이다.

내 취향이 아니라고 해서 어떤 태도를 불손하게 여긴다면 상대는 어떻게 느낄까? 무언의 힘으로 자신을 굴복시키려 한다고 느낄 것이다.

믿어주는 것이 사랑

그래, 한 박자 느리면 어때

내 자식이라고,

내 사랑이라고 일거수일투족까지 알아야 마음이 놓인다면

그것은 애정이 아니라 불신이다.

일일이 관찰당하고 모든 것을 알려야 하는

상대의 심정은 어떻겠는가.

신뢰 없는 애정은 폭력이 될 수도 있다.

사랑하기 때문에 믿어주는 것이다.

간혹 실망스러운 사실을 뒤늦게 알게 되더라도

'말하지 못한 사정이 있겠지' 하고 넘어가주어야 한다.

사랑의 신 에로스는 자신을 믿지 못한 프시케를 떠나면서

이런 말을 남겼다.

"믿음이 없는 곳에서는 사랑이 살 수 없다."

Part 4
—
내 꿈을 내가 꿀 권리

모르고
지내는 것도
좋다

서로 속을 다 털어놓고 살면 얼마나 좋을까? 감추는 것 없이 산다면 의심할 일도 없이 투명해서 좋을 것 같다.

"알면 다쳐, 이 사람아!"

이 말이 그냥 나온 게 아니다. 너무 많이, 너무 깊이 알면 실망을 넘어 절망하기 쉽다는 뜻을 담고 있다. 관계가 더 소중해서 해야 할 이야기조차 안 하는 경우가 있다. 아무리 친한 사이라도 약간 감추는 게 있어야 신비롭고 호기심도 생긴다.

사람 속이라는 게 흐르는 강물처럼 세월 따라 변할 때가 많다. 오늘

싫었는데 내일 다시 좋아지기도 한다. 그런데 일일이 다 알아야겠다고 한다면 흐르는 강물을 붙들어두려는 것과 같다.

시어머니와 며느리, 형제, 절친 등 어떤 사이에서도 스스로 털어놓지 않는 한 억지로 속을 들여다보려 할 필요가 없다. 상대가 원치도 않는데 현미경을 들이댄다면 이는 호감이 아니라 감시다. 감시는 관음증처럼 시선의 권력이다. 숨어서 바라보는 쾌락이 관음증이라면 알 권리라는 미명으로 낱낱이 자백을 요구하는 것은 감시다.

인간은 자존(自尊)의 욕구가 있기 때문에 친밀한 사이에서도 어느 정도는 '완벽한 타인'이고 싶은 부분이 있다. 서로 완벽히 알 권리보다 더 소중한 것이 호기심을 유지할 의무다. 호기심 없는 관계는 자칫 지루해질 수 있다.

자연과학과 인문학에 대한 지식은 많을수록 좋지만, 사람 사이는 약간 모르고 지내는 게 더 좋다. 다 알려고 하는 사람보다는 알면서도 모르는 척하는 사람, 굳이 더 알려고 하지 않는 사람이 부담이 없어서 훨씬 좋다.

필요 이상의 관심은 배려가 아니라 취조다.

누군가에 대해 속속들이 알고 싶어 괴롭다면 "모르는 게 약이다", "무소식이 희소식"이라는 속담을 염두에 두자.

보이는 것이 다는 아니다

　때로는 알면서도 모르는 척 지나가야 할 때도 있다. 보이는 것이 전부가 아니기 때문이다. 성실하지 않아서가 아니라, 사랑하지 않아서가 아니라 어쩔 수 없이 또는 어쩌다가 엉뚱한 일에 휘말릴 수도 있다.

　반대로 성실하지도 않고 사랑하지도 않지만 용의주도하게 교언영색(巧言令色)하는 사람은 또 얼마나 많은가.

　진실 너머에 다른 세계가 있다. 눈앞에 보이는 것은 믿는 것이 아니라 아는 것이다. 믿어준다는 것은 보이는 것과 들리는 것 이면에 있는 그 사람의 진실을 대하는 것이다.

　물론 속을 수도 있고 실망할 수도 있다. 하지만 그것은 눈앞에 보이는 것 너머의 미래에서 올라올 진실을 기대하는 것이며, 또 하나의 자유로운 빛이리라.

자신을 닦달하는 사람

만일 내가 모든 것을 잘해내야만 하고
모든 것을 잘 알아야만 한다면,
나는 나를 닦달하는 사람이다.

우리가 스쳐온 많은 나날에 어찌 소망스러운 일들만 있었겠는가? 서로 실망한 적도 있지만 그래도 관계가 유지되고 있는 것은 더 알아서는 안 될 어떤 일을 그냥 묻고 지내온 덕분이다.

얼마나 많은 관계가 몰랐어도 될 일을 알고 난 뒤에 깨져버렸을까? 알면서도 모르는 척 눈감아준 덕분에 관계를 상실하지 않은 경우가 많다. 그저 잘하려니 여기고 지나가는 바람 속에 평화를 지킨 사람들이 많은 것이다.

여기에 비슷한 일을 겪은 두 엄마의 이야기가 있다.

두 엄마는 사춘기 아들이 친구들과 통화 도중 심하게 엄마 욕 하는 것을 들었다. 자기 귀를 의심할 만큼 충격적인 일이었다. 둘 중 한 엄마는 모른 척하고 지나갔고, 모자 사이는 아무 일 없다는 듯 좋아졌다. 그런데 다른 엄마는 그 사실을 아빠에게 알렸고, 그날 아들은 배은망덕한 놈이라는 질책을 들어야 했다. 이후 부모에게 일방적 훈계를 듣던 아들은 결국 집을 나가고 말았다.

아무리 좋은 사이라도 가끔은 짜증날 때가 있다. 하지만 이는 순간에 그치고, 곧 본디 감정으로 돌아온다. 일순간 변한 기분을 문제 삼으면 본래 감정으로 회복하는 데 장애가 된다.

존
재
의

이
유

　모든 생명체에게는 기본적으로 생존 본능이 있다. 인간은 생각하는 동물답게 여기에 덧붙여 '나'의 존재 이유를 찾는다. 그리고 그 이유를 찾지 못할 때 소외감을 느낀다.

　'내가 왜 여기 있어야 하지?'

　직장이나 가정에서 영혼 없는 대우를 받을 때 사람은 누구나 자신이 그곳에 존재해야 할 이유를 찾지 못한다. 이것이 절대절망이다.

　소수의 특수계급을 설정하고 불특정 다수의 존재 이유를 무시해버린다면 그 사회나 조직은 결국 소멸하게 된다. 경쟁적인 사회일수록 자신이 더 돋보이기 위해 경쟁 상대의 존재 이유를 없애버리려 한다. 그래서 연대와 분리가 필요하다. 업무는 연대하되 존재 이유는 분리해야 한다.

사실 주위에서 아무리 존재감을 높여주어도 나 자신이 존재 이유를 찾지 못하면 결국 아무 의미가 없다. 그래서 내 마음의 주된 재료, 즉 주재(主材)가 무엇인지가 중요하다.

그대 마음의 주재는 무엇인가? 타인의 인정에 갈급한 인정 욕구인가, 스스로 존재 의미를 찾아가는 자아실현 욕구인가?

전자에 해당한다면 평생 타인에게 휘둘리고 산다. 지인 중에 집안이며 학벌이며 능력까지 모두 출중한 분이 있는데, 모 성직자에게 빠지더니 좋은 직장까지 그만두었다. 그런 분들 덕분인지 그 성직자의 소그룹은 만 명가량이 모이는 거대그룹이 되었다. 지인 분도 장로가 되었지만 남은 것은 빈손이었다.

그분은 무슨 일을 하든 성직자의 기도와 상담을 받고 나서야 진행했고, 결국 그 성직자만 출세시켜준 꼴이 되었다. 그 습관이 아직 남아서 지금도 매사를 누군가의 허락을 받는 형식으로 처리하고 있다.

이와는 달리 내 마음의 주재가 자존이라면 무시나 거절에 대한 두려움 등에 휘둘리지 않고 꿋꿋이 자기 길을 갈 수 있다.

의미 부여와 의미 변경

내가 없는 세상은 나에게는 없는 것이나 같다. 그렇다 해도
세상은 나와 관계없이 객관적 실체로 거기에 있다.

폴 세잔, 〈사과와 오렌지〉
(1895~1900년경, 캔버스에 유채, 74×91cm, 프랑스 파리 오르세미술관 소장)

현대미술의 아버지라 불리는 폴 세잔(Paul Cézanne)은 정물화를 즐
겨 그리며 자연의 재현이 아니라 다양한 시점으로 구현하고자 했다. 쉽
게 변하는 인상(印象)보다 자연의 물성(物性)이 더 지속적이라고 보았기
때문이다. 사과를 그릴 때도 다양한 시점으로 재현하려고 했는데, 이는
변치 않는 사과의 본래 모습을 그리기 위해서였다.

빨간 사과가 있다. 그 사과는 내 존재 유무와 관계없이 늘 그렇다. 그

사과를 반영할 '나'가 없을 때 빨간 사과는 나에게는 '무(無)'지만 분명 존재한다.

나와 관계없이 존재하는 사물 사이에서 '나'라는 존재감은 어떻게 확인될까? 그것이 바로 '의미' 부여이자 구현이다. 세상 모든 것에 의미를 부여하면서 '나'라는 존재감을 갖게 된다. 내가 의미를 부여해놓고 그 의미에 종속되는 것이 자승자박(自繩自縛)이다.

신라의 승려 원효는 당나라 유학길에 올랐는데, 날이 어둡자 동굴을 찾아 들어갔다. 목이 말라 물을 찾던 그는 마침 빗물이 담긴 바가지를 발견하고는 이를 꿀꺽꿀꺽 마시고 잠을 청했다. 다음 날 새벽, 잠에서 깬 그는 자신이 마신 물이 해골에 담긴 물이었다는 사실을 알고는 구토를 하다가 깨우친다.

"일체유심조(一切唯心造)!"

모든 것을 마음이 지어낸다는 뜻이다. 즉, 마음이 둘로 나뉘었을 뿐 물은 같은 물이라는 것이다. 여기에서 성속(聖俗)의 개념도 사라진다.

의미를 부여하는 나, 의미를 재규정하는 나, 의미를 변화시켜가는 나.

이것이 나라는 존재의 실체다. 사물과 사안에 의미를 부여하되 그것에 너무 의미를 두지는 말아야 한다. 그래야 그 의미를 합목적적이며 합리성에 맞게 변화시켜갈 수 있다.

명경
지수

일어나 나 이제 가리, 이니스프리 호수로 가리.

거기 나뭇가지와 진흙을 버무려 오두막을 짓고

아홉 밭이랑에 콩을 심고, 벌통도 하나 두고

나 홀로 벌이 윙윙대는 숲속에 살리.

거기서 얼마쯤 평화를 누리리.

평화란 안개 자욱한 새벽에서 귀뚜라미 우는 밤중까지 천천히 적셔오는 것.

한밤에도 반짝이고 대낮에도 보랏빛이며

해질 녘엔 방울새 날개 소리가 뒤덮는 그곳.

나 이제 일어나 가리.

밤이나 낮이나 호숫가에 찰랑이는 물결 소리.

길섶에서도 회색 포도(鋪道) 위에서도

내 마음 깊숙이 그 물결 소리 들리네.

예이츠(William Butler Yeats)의 시 가운데 가장 많이 애송되는 〈이니스프리의 호수섬〉이다.

왜 사람들은 숲속 호수를 동경할까? 인위적인 소음이 없는 곳, 그래서 가식 없이 자연 그대로 존재하는 곳이기 때문이다. 사방이 고요할 때면 호수는 사방 경치를 그대로 비춘다. 그러다 바람 불고 비 내리면 결결이 비치던 풍경이 일렁이는 물결과 함께 조각이 난다.

그리고 이 또한 얼마 지나지 않아 평정을 되찾고 본디 풍경을 회복한다. 일시 비춰주고 비치는 것이 물결에 따라 달라지더라도 본디 물도 하나, 거기에 비치는 풍경도 하나다.

호수에서 일렁이는 물결은 우리 의식에 이는 번뇌 망상이다. 그러나 본래 물은 그대로이듯 우리의 의식도 본디 하나다. 이것이 무심(無心)이다. 무심이라는 말은 의식에 아무 인상도 박혀 있지 않다는 뜻이다. 이를 존 로크(John Locke)는 '백지 상태'라 했다. 일렁이는 물결 아래 부동의 깊은 물이 있듯 감정이 일렁이는 그 아래에 무심한 의식이 있다는 것이다.

각도가 다를 뿐

같은 일도 어떤 프레임으로 보느냐에 따라 달리 보인다. 우리는 전지적 시점을 가질 수 없어 각기 다른 각도로 세상을 본다. 즉, 구글이 전 방위로 무엇을 찍어 보여주어도 보는 순간만큼은 일정한 각도에서 본다.

인간은 어느 누구도 완벽한 우주론적 시각을 가질 수 없으며, 거기서 나오는 신념도 완전치 못하다. 우리는 다만 전체의 조망 속에 자기 신념이 보편타당에 가까워지도록 노력할 뿐이다.

이런 현상을 깊이 연구한 철학자가 자크 데리다(Jacques Derrida)이다. 그는 데카르트의 절대 주체적 시각, 즉 현존재(現存在)에게 해석된 현전(現前 : 현실)은 의심스럽지만 현존재에 나타난 현실만큼은 의심할 수 없이 자명하다고 보았다. 그래서 주관 - 객관 도식으로 세계를 이해하는 방식에 의문을 가졌다.

이런 관점에서 데리다는 이성에 대한 맹신에서 깨어날 것을 주문한다. 이성적 존재인 현존재는 현전을 보며 내린 여러 해석 가운데 하나를 선택한다. 개인의 외부에서 일어나는 만물과 사건은 해석의 대상들이고, 해석의 주체는 물론 개인이다.

이때 자신이 선택한 해석만이 유일한 정답이라고 우겨서는 안 된다. 어디까지나 맥락의 소통을 위한 해답이라는 것을 알아야 한다. 그래야 모든 이성의 가치를 종합해 비교적 전지적인 가치를 도출해낼 수 있다.

다시 말해 개인은 선택하는 의지이며, 어떤 선택을 하느냐에 따라 편견의 정도가 결정된다.

삶의 의미는
생각 차이에서 발견된다

—

내 이성이 내리는 판단이나 다른 이성이 내리는 판단은 하나의 이치, 즉 일리(一理)다. 이 일리가 모여 진리(眞理)처럼 작동한다. 그래서 집단 지성을 중시하는 것이다. 일리인 개인의 의견을 진리로 착각하는 것이 고정관념이다. 고정관념은 편견을, 편견은 증오를, 증오는 분열을 낳는다.

한 떨기 장미꽃을 놓고도 사람마다 느끼는 게 다르다. 그 빛 또는 향취에 매혹되는 사람이 있는가 하면, 장미의 가시를 보고 표독이나 질투를 느끼는 사람도 있다. 또한 톡 쏘는 맛이 있다며 사디즘적 쾌감을 느끼는 사람도 있다고 한다.

이를 자크 데리다는 차연(différance, 差延)이라고 말했다. 원래 차연은 공간적인 차이와 시간적 지연을 합친 용어인데, 이런 물리적인 면에 심리적인 것이 더해진다. 인간의 관점 차이는 지나온 시공간이 빚어낸 경험의 차이와 거기서 비롯된 심리가 결부되어 만들어진다는 것이다.

그래서 데리다는 우리 각자가 생각의 차이를 긍정하고 그 차이를 조용히 주목할 때 삶의 참된 의미를 발견할 수 있다고 권면한다.

기호 = 기표 + 기의

거친 들판에 핀 붉은 꽃 한 송이. 누가 저 꽃을 장미라 부르기 시작했을까? 다른 사람들도 저 장미에서 나와 같은 느낌을 가질까?

스위스의 언어학자 소쉬르(Ferdinand de Saussure)는 이를 '기호의 특성'으로 분석했다. 꽃 한 송이를 보아도 사람마다 물리적으로 어느 각도에서 어느 시간에 보느냐에 따라 다르고, 심리적으로도 어떤 취향으로 보느냐에 따라 제각각이다.

기호(sign)는 기표(signifiant, signifier)와 기의(signifié, signified)로 구성된다. 소리, 문자 등이 시니피앙이다. 즉, 장미라고 하는 '로즈(rose)'가 시니피앙이고, 장미에서 연상되는 사랑, 정열, 질투 등이 시니피에다.

들에 핀 장미는 우리가 어떤 이름으로 부르든 상관없이 실재한다. 그러나 우리는 그 꽃을 장미라고 부르며 그 장미를 알고 그 장미에 대한 나름의 견해(시니피에)를 가진다.

시니피앙이 있으면 시니피에, 즉 의미가 생긴다. 여기서 그치지 않고 시니피에가 다시 시니피앙이 되고 또 시니피에를 만들어낸다. 이것이 기호 구조다.

기호가 기호를 반복해서 재생산되는 의미가 우리를 지배하고 있다. 그래서 발터 벤야민(Walter Benjamin)이 사물이란 '인간의 내러티브'라고 했는데, 이것이 문화다. 만약 사물을 '신들의 내러티브'로 본다면 신화가 된다.

인간이 추상적 소외에서 깨어나려면 신화에서 벗어나야 하고, 구조적 소외를 극복하려면 문화의 절대화에서 벗어나야 한다. 구조의 경직성을 폭로한 움베르토 에코(Umberto Eco)는 대안으로 '재구성(recomposition)'의 시도를 내놓는다. 그렇게 새로운 코드를 발견해 나가라는 것이다.

우리는 잊지 말아야 한다. 어떤 구조, 즉 어떤 문화나 신화, 종교 등의 특징도 역사성과 임시성이라는 점을.

無念

무념(無念)을 위한
무상(無想)

'생각 없는 인간'을 생각해보았는가?

이 질문이 형용 모순 같지만 개념 없이 사는 사람들도 많다. 마음의 고요를 위해 일시적으로 생각을 멈출 수는 있지만, 다시 무언가를 추구해야 한다. 잠시 마음의 고요를 통해 진부한 생각을 새로운 생각으로 바꾸는 것이다.

파스칼(Blaise Pascal)도 인간 존재의 의미를 '생각'이라고 보았다.

자연 가운데 가장 연약한 갈대가 인간이다. 그러나 인간은 생각하는 갈대이다. 이 갈대를 꺾는 데는 자연이 큰 힘을 사용하지 않아도 된다. 독이 든 물 한 방울, 미량의 독가스만으로도 충분하다.

이토록 연약한 인간이 지구를 넘어 우주로 향하고 있다. 사자의 이빨 같은 공격 수단이나 기린의 발, 고슴도치의 가시 같은 자기보호 수단은 없지만 인간에게는 생각하는 힘이 있다. 이 힘으로 자연을 정복하고 살아왔다. 생각하는 힘을 조절하지 못하면 자연파괴를 일으키며 천재지변을 불러온다. 인간의 탐욕도 이 생각하는 힘에서 나왔다. 무엇이든 지나치면 모자람만 못하다.

보통 "저 사람 참 생각 없이 산다"고 할 때는 기분 내키는 대로 살고, 그때그때 생각나는 대로 갈팡질팡 산다는 뜻이다. 이에 대한 방지책이 무념무상(無念無想)이다. 이는 생각도 없고 집착도 없는 상태인데, 그냥 생각 없이 사는 것과는 전혀 다르다.

무념을 위한 방법이 무상이다. 이를 이해하기 위해 먼저 무념의 반대 개념인 유념에 대해 알아본다. 유념에는 집중과 강박, 두 가지가 있다. 흔히 말하는 '유념하라'는 말이 집중이다. 집중은 무엇을 이루기 위한 수단이다. 강을 건널 때는 노 젓기에 집중하지만 건넌 뒤에는 잊는다. 그러나 강박은 다르다. 노 젓는 생각을 버리지 못한다. 지나간 일에 대한 집착, 이것이 강박이다.

일본의 전설적 검객으로 병법서《오륜서(五輪書)》를 집필한 미야모토 무사시(宮本武藏)가 있다.

그는 전국을 떠돌며 천하의 고수들과 그 많은 결투를 벌이고도 단 한 번도 진 적이 없었다. 그 비결은 간단했다.

처음에는 검법을 충분히 익혔고 그 뒤 싸울 때는 검법에 전혀 매이지 않았다. 때로는 손에 검이 있다는 것조차 잊었다. 그의 온몸이 부딪치고 있는 시공간의 리듬에 따라 자유자재로 움직였다. 이것이 유명한 '공(空)의 검법'이다. 겨루는 자세가 있기도 하고 없기도 한 유구무구(有構無構)라는 것이다.

형식을 잘 알되 형식에 매이지 않는 텅 빈 마음.

이를 달리 정념(正念)이라고도 한다.

중국에도 이와 비슷한 고사가 있다. 위나라 혜왕이 포정이라는 유명한 요리사에게 소 잡는 시범을 부탁했다. 포정은 다른 이들과 달리 짧은 시간에 춤추듯 소를 잡고 맛난 부위까지 깔끔히 다듬어놓았다.

"그대의 소 잡는 솜씨는 가히 경지에 이르렀구나. 어찌 그리 되었는가?"

"처음에는 소가 산처럼 크게만 보였습니다만, 3년이 지나자 한눈에 소가 다 들어오며 어디에 칼을 대야 할지 눈을 감아도 훤히 보이기 시작했습니다. 보통 백정은 한 달마다 칼을 바꾸고, 실력 있는 백정은 칼을 1년에 한 번씩 바꿉니다. 저는 19년 동안 이 칼을 한 번도 갈지 않고 썼습니다. 그래도 제 칼은 방금 숫돌에 간 것처럼 날카롭습니다."

"그 차이가 무엇인가?"

"소뼈를 무리하게 자르느냐, 살을 자르느냐에 있습니다. 저는 이 칼로 뼈와 살을 자르지 않습니다. 뼈와 뼈 사이, 살과 뼈 사이의 빈틈만 직감적으로 잘라냅니다. 소를 잡는 일도 기술보다는 도(道)가 낫습니다."

혜왕은 포정의 말에 크게 감탄했다.

"훌륭하구나! 이제야 나도 양생(養生)의 이치를 깨달았도다."

혜왕이 포정해우(庖丁解牛)를 보고 깨달은 양생의 이치, 곧 삶의 이치는 불필요한 형식이나 적절치 않은 습관에 얽매이지 않는 무상무념이다.

바른 선택인 정념을 위해서는 무념이 필요하고, 무념을 위해서는 무상이 필요한 것이다. 심장박동수가 빨라질 정도의 운동이나 등산, 장거리 걷기 등도 생각을 멈추게 해준다.

정적인 사람은 고요히 자기를 돌아보는 침잠에 빠지는 것도 좋다. 내 속에 어떤 생각이 일든지 흘러가는 물체를 지켜보는 것이다. 많은 생각이 내 의지와 관계없이 뇌리를 스쳐 지나가고 어느덧 고요한 무상에 이른다. 그렇게 주기적으로 생각을 비우라. 시간을 다스릴 줄 알아야 역사의 승자가 되고, 돈을 다스릴 줄 알아야 부자가 되며, 생각을 다스릴 줄 알아야 행복한 삶을 산다.

無
想

바른 선택을 위한
세 원칙

생각이 곧 '나'는 아니다. 의지가 부여된 생각만이 곧 나의 것이다.

여기서 나란 곧 '내 생각'이다. 그러나 모든 생각이 곧 나라고 할 수는 없다. 좀 더 정확히 한다면 나라는 존재는 '의지가 부여된 내 생각'이다.

누구나 오만 가지 생각을 한다. 그런데 그 모든 생각이 다 그 사람일 수는 없다. 만일 그 생각에 휘둘리며 사는 사람이 있다면 정체성이 결여된 사람이다. 그 오만 가지 가운데 자신의 의지로 어떤 것을 취사선택하게 되고, 여기에서 개인의 인품과 미래가 결정된다.

바른 생각의 선택, 즉 정념을 위해 다음 세 가지를 염두에 두자.

첫째, 생각이 곧 잘못은 아니다.

어떤 생각이든 자유이며, 그 때문에 죄책감을 가질 필요는 없다. 그 생각이 행동으로 나타날 때 비로소 잘잘못을 따질 수 있다. 생각은 자유

128
그래, 한 박자 느리면 어때

롭게, 행동은 책임감 있게 하면 된다.

둘째, 자기 생각을 방치하지 말라.

쓸데없는 생각에 너무 골몰하지 말라는 것이다. 불필요한 것에 집착하고 미련을 가지면 인생을 낭비하게 된다.

셋째, 어떤 생각이 들더라도 자신을 지켜야 한다.

자기 자신에 대한 가장 큰 결례는 자포자기다. 인생의 끝은 실패가 아니라 포기다. 영미권 나라에서 가장 치욕스러운 말 가운데 하나가 '루저(loser)'다. 이는 '자신'을 잃어버렸다는 뜻이다.

무엇이 중요하고 사소한지를 잘 알면서도 의지가 약해져 할 일을 미루거나 포기할 때가 있다. 자신이 원하는 것과 해야 할 일이 다르다면 먼저 해야 할 일에 온 정신을 집중하라. 그렇게 하면 차츰 자신이 해야 할 일과 원하는 일이 일치되어갈 것이다. 내 의지는 나의 행동을 좌우하는 최고의 군주다.

내 꿈의
해 몽 가 는 나

당신은 자신의 꿈을 꾸고 있는가?

혹시 남의 꿈을 꾸고 있지는 않은가?

정신분석학의 창시자 지그문트 프로이트(Sigmund Freud)에게 한 사람이 물었다.

"정신분석을 배우고 싶습니다. 어떻게 시작해야 할까요?"

"먼저 당신의 꿈부터 분석하십시오."

나의 꿈은 내 정신세계를 표출한다. 억압된 소망이 기억조차 먼 옛일과 현재의 경험을 중심으로 상징화되어 나타나는 것이 꿈이다. 꿈도 무의식이 의식으로 드러나는 과정 중의 하나이기 때문에 압축(壓縮), 전위(轉位), 전치(轉置) 등 이차적 가공을 거친다. 그래서 프로이트는 "해석하지 못한 꿈은 읽지 못한 메일"이라고 했다.

모든 메일을 다 열어 읽을 필요가 없듯이 매일의 꿈을 일일이 해석할 필요는 없다. 주요 흐름을 스스로 살펴 나의 내면을 들여다보면 그것으로 충분하다.

밤

밤은

푸른 안개에 싸인 호수,

나는

잠의 쪽배를 타고 꿈을 낚는 어부다.

- 김동명

내 꿈, 내가 꿀 권리

●

지난밤의 꿈을 내가 해석하면서 나를 객관적으로 이해할 수 있듯 내가 소망하는 꿈이 무엇인가에 따라 주체성의 정도를 이해할 수 있다.

당신의 꿈은 당신의 것인가? 세상이 강요하는 꿈은 아닌가?

유명인들이 "정상에서 만납시다"라고 속삭인다. 그 정상은 어디인가? 다른 이들이 쉽사리 들어오지 못하게 울타리를 친 그들만의 리그가 아닌가? 그런 꿈은 소수만을 위한 것이고 다수에게는 악몽이다.

아무리 노력해도 소수만 도달하는 꿈을 꿀수록 나의 주체성은 희미해진다. 남들이 정해놓은 성공이 아니라 나만의 기준이 있어야 주체성이 확실해진다. 남이 세운 기준에 눈을 돌리면 '비교의 덫'에 걸리게 된다.

주체적인 꿈꾸기는 미온적으로 이루어지지 않는다. 기존의 권리를 유지하고 전승하려는 세력과 부단히 충돌해야 한다. 나만 유별나다는 시선도 참아내고 스스로도 꾸준히 연마해야 한다. 그래도 자신만의 꿈을 찾아가는 과정은 새가 날기 위해 알을 깨고 나오는 것처럼 가슴 벅찬 일이다.

지구는 둥글다. 어느 모로 보나 내가 발을 디디고 있는 곳에서 나만의 성공을 꿈꿔야 한다. 바로 그곳이 나만의 정상으로 가는 오솔길이다.

행복과 목적을 동일시하지 말라

행복은 언제나 대상에 있지 않다. 그것을 누릴 줄 아는 자신의 내면에 있다. 어느 대상에게 행복이 있다면, 그 대상은 모든 사람의 신이 될 것이다.

행복은 어떤 목적에 있지 않다. 어떤 목적이든 그것을 이루어가는 과정 속에 행복이 있다. 그런데 왜 그 과정을 누구는 행복해하고 누구는 불행해하는가.

목적과 행복을 동일시하는 사람들은 과정을 즐기지 못하고 힘겹게 여긴다. 그러나 행복은 자신이 해야 할 일을 즐기는 능력에 달려 있다. 이 능력은 남들이 말하는 행복에 자신을 맞추려고 애쓰지 않을 때 자연히 개발된다.

부러운 시선을 받으려는 허영심.

그것을 버릴 때 일상에서 자신만의 고유한 행복을 누린다.

가난이 주는 기질

빈손으로 태어났기 때문에 길러지는 기질이 있다.

어떻게든 살아내야 한다는 투지.

무슨 일이든 스스로 해내야 한다는 자립심.

작은 것에도 고마워하는 인간미.

어지간한 일은 그러려니 하고 견뎌내는 인내심.

그리고 인생을 이해하는 감각…….

누구나 걱정을 안고 살지만 그중에서도 '먹고사는 걱정'만 할 때가 가장 행복한 때라고 한다. 그 걱정 앞에서는 다른 걱정이 모두 사라지기 때문이다. 그래서 생존의 위협 앞에 서면 누구나 초능력을 발휘하게 된다고 하지 않는가.

가난하기 때문에 어려운 이들의 억울함을 이해하고 함께 울고 웃을 수 있다. 사실 이런 역지사지의 정서야말로 가난한 이들의 재산목록 1호다. 가난을 경험하면서도 이 재산만 잃지 않으면 대중의 공감을 창출해가며 지도자가 될 수 있다.

이것이야말로 세습 황제, 세습 경영자, 세습 연예인 등이 가장 부러워하는 재산이다. "가난한 자들은 복이 있나니 천국이 저희의 것"이다. 여기에서 천국은 죽은 자들의 영역이 아니라 펄떡이는 사람의 현장이다.

죽은 자는 말이 없다. 그러나 생명은 우여곡절을 겪으며 자란다. 그렇게 곡절 많은 사정을 잘 아는 자가 대중과 함께 호흡하는 지도자가 될 수 있다. 금수저로 태어나 평생 금수저를 손에서 놓아본 적 없는 사람은 절대 이런 경험을 해볼 수 없다.

소박한 부, 천박한 부

자연은 소박하다. 꾸밈이 없고 거짓이 없다는 뜻이다.

인간도 태어날 때는 그러했다. 이러한 인간다움을 잃지 않게 하려는 자연의 선물이 '소박한 가난'이다. 하지만 인간은 탐욕을 부리며 뭔가를 더 꾸미고 부풀리려고 한다. 그렇게 쌓아올린 부가 자연파괴는 물론 인간성의 말살까지 불러온다.

같은 부(富)라도 소박하게 이룩된 부와 달리 탐욕으로 이룬 부는 천박하다. '돈이면 다'라는 식으로 부를 이루면 그 힘으로 버릇처럼 독점을 추구한다. 그래야 마음이 편하기 때문이다. 반면 소박한 가운데 부를 이룬 사람들은 그 부로 조화와 상생, 자연 친화적 삶을 추구한다. 그렇게 해야만 마음이 편하기 때문이다.

"개같이 벌어 정승같이 쓴다"는 속담은 그다지 현실성이 없는 말이다. 부를 이루는 과정에서의 습관이 부를 이룬 뒤에도 여전히 지속되기 때문이다. 《목민심서(牧民心書)》에서도 소박한 부자들의 행위를 산업(産業)이라 하고 탐욕의 부를 원업(冤業)이라 했다.

우리는 지속 가능한 사회를 위해서도 부를 볼 때 소박하게 이루었는지, 탐욕으로 이루었는지를 따져보아야만 한다.

물질이든 마음이든
둘 중 하나는 가난해져라

가난 속에서도 자포자기만 하지 않으면 배려와 상생, 인내와 겸허를 온몸으로 체득할 수 있다. 이는 부유하게 자란 이들이 쉽게 배울 수 없는 덕목들이다. 하지만 어느 집안에서 태어나는 것을 내가 선택할 수는 없는 일이다.

모자라는 것 없이 풍요를 누리며 자랐더라도 가난한 마음을 가지면 인간미를 지닐 수 있다. 가난한 마음은 어떻게 해야 지닐 수 있을까?

재벌 2세들끼리 몰려다니며 일탈행동을 벌인다는 소식이 심심찮게 들려온다. "친구 따라 강남 간다"는 말이 있듯 설령 큰 부를 누리더라도 드러내지 말고 가난한 이웃을 벗으로 두어야 한다. 이때 '내가 너희와 어울려준다'는 식의 태도는 서로에게 독이 된다. 비슷한 옷차림과 말투, 행동으로 함께 지낼 때 비로소 가난한 마음이 무엇인지를 알게 된다.

수치심과 연결된 패거리 문화

프랑스에서 어렵게 학위를 받고도 시간 강사로만 떠돌며 국내에 정착하지 못한 여성을 본 적이 있다. 실력은 출중했지만, 유럽 생활을 오래해서 공적인 일도 사적인 자리에서 쉽게 결정되는 한국 문화에 잘 적응하지 못한 게 아닌가 하는 생각이 들었다.

그런데 한국에서는 왜 이런 문화가 형성되었을까?

한국인의 정서 밑바닥에는 수치심이 있다. 누가 나를 어떻게 볼까? 남이 뭐라 하면 어쩌나? 이렇게 남의 눈을 의식하는 정서다. 물론 체면 문화가 다 나쁜 것은 아니다. 사람이 수치를 모르면 짐승만도 못하다.

누가 나를 못난 사람으로 보면 온 집안이 수치스럽기 때문에 체면을 세우려는 노력 중 하나가 입신양명(立身揚名)이다.《효경(孝經)》에도 몸을 세워 이름을 떨치는 입신양명이 부모의 체면을 세워

주는 최고의 효라는 말이 나온다.

체면 문화는 가문의 정으로 연결되었는데, 이것이 혈연 중시에만 그치지 않고 지연과 학연 등의 연줄 의식으로까지 확대된 것이다. 연줄 문화에서는 내 편인지, 네 편인지가 가장 중요하고 공의는 그다음이다. 내 패거리라면 아무리 큰 잘못도 쉽게 용서하고 돌보아주는 반면, 내 패거리가 아닐 때는 조그마한 실수도 침소봉대해서 큰 실책으로 만든다.

모든 패거리에는 우두머리가 있어서 족장의 권위를 행사하려 한다. 그 권위에 순종하면 일원으로 인정받고 능력 이상의 우대까지 챙길 수 있다. 이러한 연줄 문화를 극복해야 장기적인 안목에 방해되는 정실 인사, 정실 경영의 폐해도 줄어든다.

평 범 함 이   명 문 이 다

형식적인 교육제도는 이미 시대에 뒤지고 있다. 자연스러운 개인의 역량을 기르는 데도 방해 요소가 많다. 명문이라는 레토릭(rhetoric)과 실제의 차이도 커서 실체를 알고 나면 간판에 속았다는 것을 깨닫게 된다.

언덕 위에 서 있는 거목을 보았다. 누구의 손도 타지 않은 그 나무 자체가 작은 야산이었다. 같은 종자라도 꽃집에서 분재로 자란 나무와 비교해보면 얼마나 차이가 있는가.

형식 교육의 꽃인 수능 성적, 대학 간판과 개인의 경쟁력 사이의 상관관계도 유의미하지 않다는 것쯤은 다 안다. 단지 명문대라 불리는 집단에 들어가 서로 끌어주고 밀어주는 효과가 있었지만, 이제 그마저도 쉽지 않은 상황이다. 간판 외에도 역량을 평가할 방법이 많아졌기 때문이다.

명문 좋아하지 말자. 명문을 언급하는 순간 소수를 뺀 우리 모두에게는 비명문이라는 낙인이 찍힌다. 명가, 명문대 등의 수가 얼마나 되겠는가.

그런데 틈만 나면 명문 간판을 내세우려는 이들에게는 어떻게 반응해야 할까? 매우 간단하다. 알아달라는 유세이니 무시하면 그만이다. 호응을 해주니 자기도취에 빠져 더 유세를 떠는 것이다.

그래도 누구는 어디 출신이라는 등 주제와 관계없는 신변잡기를 들이밀며 자기과시를 하려 할 때는 속으로 이렇게 대꾸해주면 된다.

'오죽 내세울 게 없어서 그러겠나.'

관용이 있는 자유

이성과 감성이 있는 한 인간은 자유 없이 견디지 못한다.

팔순이 다 된 분들이 나누는 이야기를 들은 적이 있다.

"김 씨가 요즘 안 보이네?"

"며칠 전 낙상을 당해 허리를 다치는 바람에 요양원으로 갔대."

"어이구, 아직 성신은 멀쩡한데…… 그 정신으로 요양원에 누워 있느니 차라리 치매가 낫지."

오죽하면 그런 말씀을 하실까? 자유가 그만큼 소중하다는 것이다. 지금처럼 기술이 발전하면 나이가 많든 적든 정신도 맑고 몸도 건강해서 하늘의 새처럼 자유롭게 다닐 수 있는 때가 곧 올 것이다.

그런데 자유는 필수지만, 자유의 영역을 무한대로 넓히면 내 자유와 다른 이의 자유가 충돌하게 된다. 이런 충돌을 방지해주는 완충 장치가 관용이다. 모녀나 부자, 친구 등 다양한 관계 사이에 관용이라는 공간이 있으면 자유로 인한 전쟁을 치르지 않는다. 그래서 화이트헤드(Alfred North Whitehead)는 "비관용으로 자유를 추구하면 모두가 패배한다"고 했다.

내 자유가 소중하면 다른 이의 자유도 소중한 법이다. 자신과 타인, 상황 이 세 분야에 관용이라는 공간을 두라. 그래야 내 자유가 제약받지 않는다.

흔히 자신에게는 엄격하고 남에게는 너그러워야 한다고 말한다. 하지만 자신에게도 너그러워야 한다. 의외로 스스로를 닦달하는 이들이 많은데, 이들은 먼저 자기 신뢰를 길러야 한다. 스스로를 믿어줄 때 자유롭게 자신감이 생기며 무엇이든 잘해낼 수 있다.

절대적으로 좋거나
절대적으로 나쁜 상황은 없다

세상에 완전히 좋고 완전히 나쁜 사람은 없다. 어느 부분이 좋고 어떤 부분은 나쁠 뿐이다. 좋은 부분은 여유롭게 대하고 나쁜 부분에 대해서는 조심하면 된다.

그럼에도 불구하고 별 이유 없이 모두 싫은 사람이 있다. 이럴 때야말로 상대의 잘못이 아니다. 기억조차 나지 않겠지만 과거에 비슷한 유형에게 큰 상처를 당해 누적된 경험이 무의식 속에 아른거리고 있기 때문이다.

상황도 마찬가지다. 어떤 상황도 완벽히 좋거나 나쁘지만은 않다.

동서양과 고금을 막론하고 사람들이 이상적으로 여기는 삶이 유유자적한 삶이다. 유유자적(悠悠自適)은 무엇보다 마음이 여유로워야 가능하다. 자유와 더불어 자신과 타인, 상황을 관용할 때 여유로운 마음이 생긴다.

이런 상황은 무조건 좋고 저런 상황은 무조건 나쁘다는 것이 상황 절대론이다. 대지는 태양과 비구름이 적당히 섞여야 사막이 되지 않는다. 이처럼 상황에 대한 상대적 이해가 삶의 유연성을 길러준다.

친구 만드는 법

완고한 진심은 적을 만드나 공감은 친구를 만든다.

- 프랑스 속담

Part 5
—
더 중요한 것

도스토옙스키의 '죄와 벌'

도스토옙스키의 소설 《죄와 벌》에 나오는 청년 라스콜리니코프도 처음에는 상황 절대론자였다. 상황이 모든 것을 결정한다고 본 것이다.

이 영민한 청년은 학비를 못 내 대학을 중퇴하고는 그 뒤 하숙집에서 실의에 빠져 지내다가 엉뚱한 추론에 도달한다.

'나처럼 똑똑한 사람이 가난하게 살고, 고리대금업자인 노파는 큰 부자로 살다니! 저 노인의 돈을 내가 차지하면 사회를 위해 더 많은 일을 할 수 있다. 나와 같은 엘리트는 목적을 위해 수단을 정당화할 수 있는 것 아닌가.'

며칠 뒤 그는 결국 노파를 죽이고 거액을 갈취한다. 하지만 양심의 가책으로 괴로워하던 중 소냐를 만난다. 그녀는 몸을 팔아 가족을 부양하고 있었는데, 그 모습에 감동을 받은 라스콜리니코프는 자신이 저지른 일을 털어놓는다. 그리고 소냐의 간곡한 권유를 받아들여 자수하고 시베리아 유형을 받게 된다. 시베리아로 떠나는 그의 뒤를 소냐가 따른다. 그리고 눈 덮인 땅 시베리아에서 두 사람은 사랑의 서약을 한다.

라스콜리니코프는 자신보다 더 열악한 조건에 있으면서도 오히려 자신과 같은 사람을 위로하며 살아가는 소녀의 모습에서 깨달음을 얻었다. 그는 노파를 죽일 것이 아니라 자본이 인간의 노동보다 더 많은 이익을 창출하는 구조를 고치려고 노력해야 했다.

구조와 상황은 차이가 있다. 상황은 주변 여건이고, 구조는 상황을 만드는 공고한 틀이다. 왜곡된 구조를 놓아두고 주변 환경만 탓해서는 웬만한 노력은 헛수고가 된다. 주변 환경은 구조의 산물이기 때문에 환경에 적응하는 동시에 그 환경을 규정하는 구조를 고치려는 노력을 병행해야 한다.

모욕에는 해학으로

♠

프랑스의 극작가로 《삼총사》, 《몬테크리스토 백작》 등을 쓴

알렉상드르 뒤마(Alexandre Dumas)의 사생아로 태어난

아들 소(少)뒤마도 《춘희(椿姬)》 등의 뛰어난 소설을 썼다.

하루는 아들 뒤마에게 어떤 사람이 찾아와

아버지에 대한 험담을 전해주었다.

그러자 가만히 듣고 있던 뒤마가 조용히 입을 열었다.

"그렇군요. 전해주셔서 고맙습니다.

하지만 그 정도야 가벼운 것이죠. 아버지는 큰 바다와 같습니다.

가끔씩 해변에서 바다를 향해

자기의 오물을 던지는 사람도 있겠죠."

뒤마의 해학적 답변으로 뒤마의 아버지는

대해(大海)와 같은 인물이 되었고,

험담한 이들은 오물이나 던지는 파렴치한 사람이 되고 말았다.

세상을 한 면만 보니

어린 시절의 시골 장터가 생각나 주기적으로 동묘시장을 찾는다. 발 디딜 틈 없는 시장 안을 헤집고 다니는 기분은 이곳이 아니면 맛볼 수 없을 것이다.

"필요한 모든 것을 온라인에서 살 수 있지만, 필요한 줄 몰랐던 책은 서점에서 발견한다"고 했던 경제학자 폴 크루그먼(Paul Krugman)의 말 처럼 나는 동묘시장의 여러 헌책방에서 아주 소중한 책들을 얻었다. 그 렇게 한 두어 시간을 보내고 버스를 탔는데, 옆에 서 있던 아주머니들의 이야기가 들려왔다.

그래, 한 박자 느리면 어때

"우리 아들 어제 선 봤어."

"그래, 잘되었어?"

"글쎄… 서로 다 좋았는데, 여자가 신앙이 너무 깊더래. 그 말을 들은 시어머님이 '그러면 세상을 한 면만 보니 별론데' 하시더라고."

"그래? 아들은 뭐라고 해?"

"우리 아들도 할머니하고 생각이 같아. 신앙심이 너무 깊어서 무슨 얘기를 하다가도 금세 신앙 이야기가 나오더래. 그래서 아니라는 생각이 들어 차만 마시고 바로 헤어졌대."

성공과 행복은
비례하지 않는다

19세기 중반 미국에서는 금광을 찾는 사람들이 캘리포니아로 몰려들었다. 골드러시 행렬에 뒤질세라 달려든 사람들 가운데는 금광을 발견해 부자가 된 이들이 있는 반면, 금광을 찾느라 가산을 탕진한 사람도 부지기수였다. 주로 어떤 사람들이 금광을 발견했을까?

후일 금광을 발견한 사람들의 공통점이 밝혀졌다. 서부로 금광을 캐러 달려가던 도중 일주일에 하루는 꼭 휴식을 취했다는 점이다. 그렇다면 하루도 쉬지 않고 허겁지겁 달려간 사람들은 어땠을까? 금광을 찾는 데 실패한 사람이 훨씬 많았다.

목적지만 바라보고 달린 사람과 목적지로 가는 과정을 즐긴 사람, 그중 누가 더 성공 확률이 높을까? 여러 연구 결과 둘 다 8~10% 정도인데, 후자가 조금 더 높다고 한다.

그런데 세월이 흐를수록 느끼는 행복감은 확연히 다르다. 당연히 생의 과정마다 의미를 찾았던 사람들의 자족감이 높았고, 그들은 설사 목표를 이루지 못했더라도 큰 회한(悔恨) 없이 삶에 만족했다.

하지만 오직 성공을 위해 오늘의 삶을 무시했던 사람들은 성공한 사람이나 실패한 사람이나 그리 행복하지 않았다. 흘러간 그 시간마다 의미 있었던 일들을 영원히 놓쳐버린 것이다.

크게 성공한 어느 기업가가 은퇴사에서 이런 말을 남겼다.

"내게 다시 기회가 주어진다면, 자녀의 입학식과 졸업식만큼은 꼭 함께해주고 싶습니다."

성공과 행복이 비례하는 것은 아니다. 특히 물질과 권력 등을 성공 요인으로 삼았던 사람들은 성공하고도, 아니 성공했기 때문에 불행해진 경우가 많다. 이와는 달리 가치 있는 삶을 살아가는 과정을 성공이라고 볼 때 성공과 행복은 비례한다.

무엇이 중요한가

어떤 일을 하느냐보다 그 일을 어떻게 하느냐가 더 중요하다.

- 빅토르 프랑클(Viktor Frankl)

모차르트와 슈베르트는 왜 단명했을까

"목구멍이 포도청"이라 했다. 먹지 않고 살 수 있는 사람은 아무도 없다. 생존의 기본이 잘 먹고, 잘 자고, 잘 싸는 것이다. 여기에 문제가 생기면 다른 조건이 아무리 좋아도 별 의미가 없다.

식사와 수면과 배변, 이 세 가지 기본 중에서도 기본은 역시 잘 먹는 것이다. 일단 잘 먹어야 잘 자고 시원하게 배출할 수 있기 때문이다.

잘 먹는다는 것을 무엇일까? 맛있는 음식을 많이 먹는다는 뜻이 아니다. 입맛에 맞는 음식만 찾다 보면 몸에 안 좋은 경우가 너무 많다.

영양학의 발달로 누구나 자기 몸에 필수적인 음식을 찾아낼 수 있다. 프란츠 슈베르트는 31세에, 아마데우스 모차르트는 35세에 아쉽게도 세상을 떠났다. 사인에 대해서는 여러 견해가 있지만, 비타민 D 결핍으로 인한 면역력 약화가 주원인이라고 한다.

그들의 주요 활동 무대였던 오스트리아의 빈은 일조량이 많지 않았다. 게다가 모차르트의 경우는 밤에 작곡하고 낮에 집 안에서 쉬는 경우가 많았다. 그렇기 때문에 비타민 D의 생성에 관여하는 햇볕도 충분히 쬘 수 없었고 필요한 음식도 제대로 섭취하지 않았던 듯하다.

몸에 좋은 음식을 골고루 섭취하기만 했어도 모차르트와 슈베르트는 더 오래 살아서 주옥같은 명곡을 더 많이 남겨주었으리라.

신념도 행복도 성공도 올바른 음식 섭취 뒤의 일이다.

일그러진 얼굴

● ● ● ● ● ● ●
● ● ● ● ● ● ●

　한 남자가 불의의 사고로 아내를 잃고 얼굴마저 심하게 일그러지는 부상을 입었다. 그는 그 얼굴로는 도저히 사회생활을 할 자신이 없었다. 그래서 어린 자녀 둘을 고아원에 보내고 자신은 깊은 산속에 들어가 초막집을 짓고 살았다.

　어느덧 세월이 흘러 결혼을 앞둔 아들이 아버지가 살아 계시다는 것을 우연히 알고 수소문 끝에 찾아왔다. 아들은 아버지의 일그러진 얼굴을 보고 충격을 받았다. 자신을 고아원에 버린 것도 용서하기 힘들었는데 아버지의 흉한 모습을 보는 것은 더 힘들었다.

　'차라리 아버지를 찾지 말 것을…….'

　아들은 문밖을 나서며 아버지에게 냉정한 말을 남겼다.

　"앞으로는 당신이 안 계신 것으로 여기고 살겠습니다."

　아버지는 아들의 모습이 시야에서 사라진 뒤 충격을 이기지 못해 쓰러졌고, 끝내 숨을 거두고 말았다.

　결혼식 직후 아버지의 임종 소식을 들은 아들은 차마 모른 척할 수가 없어 찾아가 장례를 치렀다. 장례를 마친 뒤 유품을 정리하던 아들은

일기장과 유언장을 발견했다. 일기에는 아버지의 얼굴이 일그러진 사연
이 담겨 있었다.

여보.
당신을 건져내지 못해 미안하오.
불타는 집 안에서 울고 있던 아이들을 먼저 살려내느라 미처 당신을
구하지 못했소.
정말 미안하오. 용서해주구려.

아버지의 고백에 아들은 하염없이 눈물을 흘렸다. 잠시 뒤 그는
아버지의 유언장을 펼쳤다. 거기에는 아버지의 간절한 바람이 적혀 있
었다.

아들아.
나는 불이 너무 싫다.
제발 나의 시신을 화장하지 말고 묻어다오.

그러나 아버지의 시신은 이미 화장해서 강물에 뿌린 뒤였다.

은자의 오두막

호모사피엔스는 지난 수만 년의 역사 동안

가끔 많은 사람으로 번잡한

도회지를 떠나 홀로 황야로 나갔다.

거기서 오두막을 짓고 작은 샘가에 머물며 은둔했다.

그렇게 하여 스스로의 고독을 통해

자신만의 무한한 행복을 찾았다.

고독을
권한다

부모자식처럼 피를 나눈 사이라도, 죽고 못 사는 연인 사이에도 자기만이 안고 가야 할 사연들이 있다. 인간에게 어느 정도의 고독이란 피치 못할 숙명이다.

우리는 서로를 눈과 귀를 통해서만 알 뿐, 진정한 이해란 불가능하다. 이것이 인간이 지닌 고독의 숙명이다.

고독에는 두 갈래 길을 만나는 숙명이 있다.

외로움을 참다가 절대절망으로 가느냐, 고독을 아름다운 사색의 동반자로 삼느냐이다. 절대절망의 끝에 드물지만 자살도 있다.

그러나 고독을 시원한 공기처럼 물처럼 빨아들이면 같은 고독 속에도 자기만의 고유한 맛이 우러난다. 이들은 고독하지만 외로움은 모른다. 키케로가 그랬다. "나는 고독할 때 가장 외롭지 않다"고.

고독과 외로움은 동지 같지만 다르다. 홀로 있을 때 자족할 줄 알면 고독이고, 자족할 줄 모르면 외로움이다. 노자도 '나를 아는 것이 현명한 일'이라 했다.

　세상을 아무리 많이 알아도 나를 모르면 무지한 것이다. 나를 알려면 고독을 벗으로 삼으라.

　매일같이 정신없는 만남 속에 문득 자신을 잃어버린 느낌이 들 때가 있다. 바로 그럴 때야말로 나만의 오두막이 필요하다.

　나를 응원하고 나 자신과 다시 건강한 관계를 재정립하는 그런 공간은, 심산유곡이나 황야까지 가지 않더라도 내가 생각하는 그 자리에서 내면 속으로 침잠해가는 것만으로도 충분하다.

주변에 사람이 많으면 외롭지 않을까?

유명인들을 보면 그에 대한 답이 나온다. 특히 청소년들에게 우상처럼 여겨지는 연예인들의 경우 옷차림은 물론 말투 하나하나까지 엄청난 영향을 끼친다. 그러다 보니 사생활을 지키기가 어렵다. 일거수일투족이 조명을 받으니 외로울 시간이 없을 것 같지만, 정작 자기 자신에게서 소외되어 있다. 팬들의 기대를 충족시키기 위해 내면의 진정한 소망은 눌러두어야 한다.

할리우드가 만들어낸 대형 스타 마릴린 먼로.

그녀는 스타가 된 뒤로 끊이지 않는 각종 루머와 악의성 기사에 시

달려야 했고, 결국 의문사로 생을 마감했다. 자서전에 "나는 스크린 밖에서 한 번도 행복한 적이 없다"는 말만 남긴 채……

마릴린 먼로를 흠모했던 청년 엘튼 존은 〈바람 속의 촛불(Candle in the wind)〉이라는 노래를 만들었다. 이 곡을 생전의 다이애나 황태자비가 가장 좋아했던 까닭에 그녀가 의문의 교통사고로 죽은 뒤 그녀를 추모하는 자리에서 엘튼 존이 불러 세계적인 대히트를 기록했다.

화려한 조명을 받을수록 뒷모습은 더 쓸쓸하게 마련이다. 아무리 대단한 스타라도 그의 외면이 스타일 뿐 그의 내면, 즉 본래적 자기는 스타가 아니다. 스타의 명성에 보내는 갈채는 본래적 자기와는 아무 상관이 없다. 그렇기 때문에 스타의 자리에서 밀려나면 갈채도 끝이 난다.

마릴린 먼로가 스크린 밖에서 행복하지 않았던 이유도 본래적 자기가 초라해져 있었기 때문이다. 우리 내면에는 안식처가 있고 자신을 회복할 공간이 있다. 외부에서 받는 갈채가 클수록 항상 내면의 안식처로 돌아와 긴장을 풀고 스스로를 재충전해야 한다.

디지털 다이어트

　도무지 스마트폰을 손에서 놓지 못하는 사람들이 많다. 걸으면서도, 지하철에서도, 심지어 잠잘 때도 습관적으로 스마트폰 화면을 들여다보고 있다. 순간적으로 뒤바뀌는 화면에 혼을 빼앗기고 있는 것이다. 그래서 점차 장기적인 사고 능력이 떨어지고 순간적이고 찰나적인 단편적 사고를 하게 된다.

　필자도 예외가 아니었다. 글을 쓰다가도 어느 순간 인터넷 검색을 하고 있었다. 그전에는 한 시간이면 마무리하던 분량이 2~3일씩 걸렸다. 어느 날 그런 자신을 발견하고 세 가지 원칙을 정했다.

　첫째, 새벽에는 인터넷을 하지 않는다. 필요한 부분은 적어놓고 나중에 찾아본다.

　둘째, 저녁 이후에는 아예 스마트폰을 꺼놓는다. 인터넷도 가급적 삼가고 그 시간에 책을 본다.

　셋째, 주말에도 가급적 SNS를 끊고 필요하면 통화를 한다.

　요즘에는 주요 소통이 스마트폰으로 이루어지기 때문에 아예 내려놓을 수는 없지만 자기 방식대로 관리할 수는 있다. 나름대로 가상공간과 현실공간의 적절한 조화를 이뤄야 한다. 그래야 가상세계에 중독되지 않고 통제할 힘이 생긴다.

작업 기억을 강화시켜라, 모든 중독에서 벗어나리니

미국의 교육학자 벤저민 블룸(Benjamin Bloom)은 교육 목표를 '기억 - 이해 - 적용 - 분석 - 평가 - 창의력'의 6단계로 구분했다.

일단 기억이 다음 단계의 출발선이다. 이 암기라는 기본 기능이 스마트폰이 만들어낸 '마이크로 모멘츠(micro-moments) 시대'에서 약해지고 있다. 모바일 검색을 통해 알고 싶은 것이 즉시 충족되는 환경에서는 기억할 필요성을 못 느낀다.

이것은 '디지털 치매'와 연결된다. 장기 기억은 물론 단기 기억의 일종인 '작업 기억(working memory)'까지 약해질 수 있다. 인간은 과거에 학습한 장기 기억과 미래에 대한 예측을 상황과 비교하면서 현재를 의식한다. 이것은 작업 기억이며, 인간만이 지닌 고차원적 인지 기능이다. 작업 기능이 탁월한 사람은 많은 정보를 중요도에 따라 자기 방식대로 재배열할 수 있다.

작업 기억이 약화되면 경험 학습에서 멀리해야 한다고 익혔던 정보를 거꾸로 선택하며 중독에 빠질 수 있다. 그래서 벤저민 블룸은 좋은 습관을 들여야 한다고 강조한다. 그의 연구에 따르면 보람 있는 삶은 재능, 능력, 학벌보다 어떤 습관을 끊임없이 개발했느냐에 달려 있다.

짧은 자서전

길을 걷다가

나도 모르게 거리의 깊은 구멍에 빠졌다.

어쩔 수 없었지.

내 잘못은 아니었지만 빠져나오는 데 많은 시간이 걸렸어.

또 같은 길을 걷다가

구멍을 보았지만 못 본 척하다가 다시 빠졌다.

난 믿을 수 없었어. 똑같은 구멍에 또 빠지다니.

빠져나오는 데 또 긴 시간이 걸렸지만 내 잘못이 아니야.

다시 같은 길을 걸었지.

그 거리에 여전히 같은 구멍이 있었고,

난 알면서도 다시 빠졌어. 이건 습관적이야.

비로소 눈을 떴고

내가 어디에 있는지를 알아차렸어. 이건 내 잘못이야.

곧바로 빠져나왔다.

다시 같은 길을 걷는데

여전한 그 구멍을 보고 둘레를 돌아서 지나갔다.

이젠 다른 길을 걷고 있다.

- 포셔 넬슨(Portia Nelson)

습관도 근육이다

습관이 미래를 결정한다. 나쁜 습관으로는 결코 밝은 미래를 기대할 수 없다.

결혼 후에도 집 안을 정리하지 않고 어수선하게 사는 사람을 보았다. 왜 그러느냐고 물었더니 어릴 때부터 엄마가 모든 것을 깔끔히 정리해주었기 때문에 자신은 정리를 할 줄 모른다고 했다. 이제라도 정리하는 습관을 길러보라고 권했더니 엄두가 나지 않아 그대로 사는 게 편하다고 했다.

잘 아는 안과의사 한 분이 강원도에 살고 계신다. 꾸준히 의학 저널과 관련 논문을 읽어온 그분은 이 습관으로 유명한 외국 의과대학 출신 의사보다 더 인정을 받고 있다.

우리의 뇌는 뉴런 덩어리이기는 하지만 근육처럼 작동한다고 볼 수 있다. 그래서 뇌도 근육처럼 학습과 운동, 표현, 휴식이 필요하다. 학습은 인풋(input)이고 운동과 표현은 아웃풋(output)이다.

학습 중에서도 적극적으로 생각하는 수학이나 철학, 인문학, 대하소설 등이 좋다. 또한 화면을 볼 때보다 책을 볼 때 뇌가 더 활성화한다. 화면으로만 보는 정보는 도리어 인지 기능 장애를 유발할 수도 있다.

나 홀로 해야 할 일들

그래, 한 박자 느리면 어때

나의 생활 방식, 내가 가야 할 방향의 최고 컨설턴트는 바로 자신이다. 내가 내 삶의 방향을 정해야지 자꾸 외부에 의지하려 하면 위험하다. 내 손으로 나의 시간과 재능, 감정, 건강, 재산을 관리해야 한다. '마누스(manus)'는 '손'을 뜻하는 라틴어로 여기에서 '관리'를 뜻하는 '매니지(manage)'가 나왔다.

내 손으로 뭔가를 해냈을 때 느끼는 뿌듯함이 있다.

"내가 해냈어!"

이것이 바로 자립의 긍지다. 이보다 더 큰 즐거움은 없다.

하루 일과를 스스로 계획해서 그대로 실행해보라. 시간은 당신의 전부다. 시간이 있다면 다 있는 것이고 시간이 없다면 아무것도 없는 것이다. 그처럼 귀한 시간을 왜 소모적인 일로 낭비하려 하는가.

내게 주어진 시간에 재능을 길러야 한다. 누가 뭐라고 하든 자신의 재능을 과소평가하지 말고 자기 가치를 존중하는 것이 자립의 첩경이다.

아무리 알아주는 마당발이라도 친구는 세월과 함께 점점 줄어들게 되어 있다. 낯선 거리를 홀로 걸어가야 할 그날이 누구에게나 온다. 그러니 지금부터 혼자 떠나는 여행도 즐길 수 있게 습관을 들여야 한다. 그렇다고 친구를 멀리하라는 말은 아니다. 잘 지내되 지나치게 의존하지는 말라는 것이다.

하늘의 뜻은 없다

잘나가는 종교들을 보면 신의 이름으로 온갖 의례를 정해놓았다. 줄생, 결혼, 장례는 물론이고 무슨 행사 하나 하려 해도 반드시 종교의 례를 먼저 한다.

왜 그럴까? 그렇게 하면 과연 더 좋은 일이 생길까?

그건 아니다. 다 자기 마음 편하자고 하는 것이다. 하늘의 뜻이라는 것은 없다. 불안 심리를 달래기 위해 만들어낸 허구이다.

우리 삶에서 하늘의 뜻을 찾기 시작하면 종교 장사꾼들의 손에서 벗어날 수가 없다. 막연한 하늘 뜻을 찾기보다는 논리적이고 통계적으로 생각하라. 거기에 진리가 있다. 진리란 종교 장사꾼들의 전유물이 아니고, 일상의 팩트가 모여 공감을 형성하는 그곳에 있다.

어느 현자가 "특별한 곳에 진리가 있는 것이 아니다. 세상에 널린 것이 진리이다"라고 가르치자 제자가 따졌다.

"진리가 어디나 있다니요? 그러면 저 길바닥의 모래알이나 돌멩이에도 진리가 있다는 말입니까?"

"그렇고말고. 어디 모래와 흙뿐이냐? 너의 대소변에도 진리가 있느니라."

"거참, 이상합니다. 그렇게 흔한 진리를 왜 사람들이 쉽게 깨닫지 못할까요?"

"그래, 그 이유를 알고 싶지?"

"예."

"왜 사방에 널린 진리를 사람들이 터득하지 못하느냐? 사람들이 허리를 굽히지 않기 때문이다. 하늘에 진리가 있는 것이 아니고 땅의 사물에 진리가 있다. 그렇기 때문에 누구나 조금만 허리를 굽히면 진리를 발견할 수 있고, 그 진리를 주워 담을 수 있느니라."

재야의 고수

• • • •

사람마다 능력이 다 다르다.

내 친구 중 공부 천재가 있다. 하지만 군대에서는 고문관 소리를 들었다. 행진하다 뒤로 돌라는 구령에 맞추지 못해 두세 걸음 더 가다가 돌아섰다. 또 한 친구는 제도권 교육과는 담을 쌓고 살았는데 영업의 귀재였다. 아무리 까다로운 고객도 그 친구 앞에서는 지갑을 열었다.

사람마다 운동능력, 사회성, 기기 조작능력, 예능, 화술 등 잘하는 분야가 다르다.

인간의 모든 능력을 제도권 교육이 담아낼 수 없고 어떤 검증 과정도 정확히 측정해낼 수 없다. 근사치만 알아낼 뿐이다. 아마도 조선 500년 동안 수없이 많은 아이슈타인이 신분 제도에 눌려 노비로 살다가 생을 마쳤을 것이다.

다행히 제도권 교육과 검증에 상관없는 자기주도학습을 하는 재야의 고수들, 즉 창의적 크리에이터들이 대중과 직접 소통할 수 있는 디지털 시대가 만개했다. 곳곳에서 스스로 학습한 재야의 고수들이 제도권 교육 수혜자들을 밀어내고 있다.

닥치는 대로 읽자

• • •

음식도 골고루 먹어야 하듯 독서도 골고루 해야 한다.

언론이나 명사들이 책을 추천할 때, 거기에는 추천자의 이해와 시각이 들어가 있다.

그런 책은 물론 소개받지 못한 책들도 닥치는 대로 읽는 것이 좋다. 편식하지 않는 것이 좋다는 말이다.

저속한 잡지도 읽되 그것만 찾지 말고, 무협지도 읽되 그것만 읽지 말고, 재테크 책도 읽되 그것에만 빠지지 말라는 것이다. 역사, 문화, 철학, 수학, 물리 등 다양한 분야를 섭렵해야 한다. 그런 폭넓은 지식이 통찰력이 되고, 이를 바탕으로 자신의 업무에도 도움이 되고, 더 나아가 흥미로운 분야를 발견하는 토대가 된다.

전주의 장 모 씨는 이런 과정을 거쳐 자신의 전문분야도 아닌 백제의 전성시대와 양자강 유역에 대해 연구하고 있다. 지금은 언제 어디서 누구와 만나도 함께 일할 수 있는 능력과 나만의 고유한 개성, 이 두 가지가 필요한 시대다. 그것은 편식하지 않는 독서로 스스로 기를 수 있다.

뜨개질 그림책

어느 토요일 오후 동묘 장터에서 있었던 일이다.

장터에 가득한 사람들 틈을 비집고 들어가 헌책방 앞에 쌓여 있던 천 원짜리 책을 두 권 집어 들었다. 책값을 계산하려고 서 있는데, 마침 앞에 있던 아가씨가 책방 주인에게 뜨개질 책이 있느냐고 물었다. 책방 주인이 일본어로 된 것밖에 없다고 하자 아가씨는 같이 온 언니에게 말했다.

"여기는 일본책밖에 없대. 그냥 가자."

그러자 언니가 별문제 아니라는 듯 대꾸했다.

"애, 일본책이면 어때? 그림만 나오면 되지. 그냥 사!"

두 사람의 대화를 듣고 있던 나는 무심결에 큰 목소리로 말했다.

"그래, 그거야! 바로 그거야!"

주변에 있던 사람들이 어리둥절한 표정으로 나를 바라보았다. 나는 겸연쩍어 얼른 책값을 지불하고 나왔다.

매사에 긍정적인 사람은 무엇이든 해보려고 한다. 이래서 안 되고 저래서 안 되고가 아니라 이러니 되고 저러니 된다는 식이다. 그 언니의 말이 맞다. 그림을 보고 뜨개질만 배울 수 있으면 되지 일본어면 어떻고 영어면 어떻겠는가.

Part 6
—
세상을 보는 눈

꼭 말하지 않아도,
꼭 듣지 않아도

사랑이 너무 깊으면 차마 말로 표현하지 못한다.

너무 슬프면 눈물도 나지 않듯이.

사랑이라는 말을 강요하거나 입에 발린 소리를 하게 되면 전화기 너머로 들려오는 "고객님 사랑합니다"처럼 접대성 멘트가 되고 만다.

말로 표현해야만 아는 사랑이라면 그리 깊은 사랑이 아니다. 깊은 애정은 숨소리, 눈빛, 몸짓 등에서 우러나온다. 사랑 앞에 커지는 눈동자, 절로 피어나는 웃음, 친근한 목소리, 반가운 몸짓……. 그것을 누가 막으랴.

너를 사랑해.

이 말을 차마 꺼내지 못하는 이유도 많다.

네가 더 나태해질까 봐.

더 분발해서 홀로 서 보게 하려고.

사랑한다는 말을 오해하거나 받아들이지 못할까 봐.

그래서 지금보다 더 멀어질까 봐…….

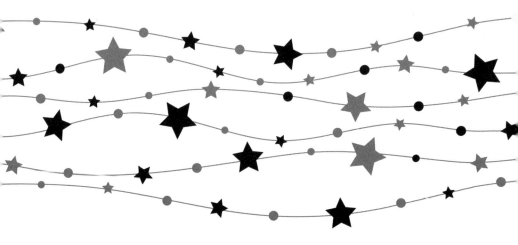

현대물리학과 친근한 주역

세상의 모든 것에는 양면이 있다. 빛이 강할수록 그늘의 어둠도 짙다. 하늘이 있으니 땅도 있다. 탄생이 있어 죽음도 있다. 실패가 없으면 성공도 없다. 이를 《주역》에서는 음(陰)과 양(陽)으로 설명한다.

원래 동양의 복서(卜筮)인 《주역(周易)》에서 도가와 유가가 나왔다. 공자는 《주역》을 3천 번이나 읽었다고 한다. 《주역》을 탐독하느라 죽간의 가죽 끈이 세 번이나 끊어졌다니 얼마나 깊이 빠져 있었는지 짐작할 만하다.

《주역》을 단지 주술서로만 봐서는 안 된다. 양자론으로 노벨 물리학상을 받은 닐스 보어(Niels Bohr)는 태극무늬 옷을 즐겨 입었고, 자신이 펼친 양자이론의 뿌리가 《주역》이라고 했다. 이처럼 현대물리학에서는 《주역》이 현대과학과 어울리는 철학으로서 손색이 없다고도 본다.

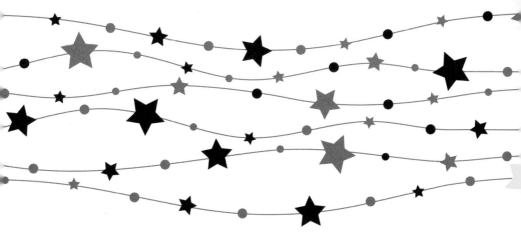

　　서양 사상의 원류인 헬라의 철학자 아리스토텔레스는 한 실체 안에 다른 실체가 들어갈 수 없다고 보았다. 음과 양이 대립해서 변화를 일으키는 것이 우주의 원리라 한다면 서양에서의 대립은 하나를 없애야 한다. 하지만 동양에서는 대립한다고 해서 상대를 없애는 개념이 아니라 상호보완적 관계로 본다.

　　음과 양은 상호보완적 관계로 깊이 맺어져 나아가고 물러서기를 반복한다. 인간의 몸이 상호 연결되어 있듯이 우주도 연결되어 있고 사람들도 연결되어 있다. 몸의 어디 한 군데만 아파도 몸 전체가 아픈 것처럼 사물은 우주 '전체의 부분'이요, 우주는 개별 사물인 '부분의 전체'다.

　　사람은 신체 안에서 음양의 조화가 잘 이루어져야 건강하다. 성품도 마찬가지로 부드러움과 강함이 어우러져야 이상적이다.

과정이 실제다

그래, 한 박자 느리면 어때

이것 안에 저것, 저것 안에 이것이 객관화됨으로써 들어갈 수 있다. 이와 같은 유기체적 세계관이《주역》이며, 현대물리학이다.

기계론적 세계관을 반대한 화이트헤드에 따르면 세계는 항시 변하는데, 바로 그 과정(process)이 실제(reality)라고 했다. 현대물리학의 거장 하이젠베르크(Werner Heisenberg)의 '불확정성의 원리', 현대심리학의 '게슈탈트 이론(Gestalt theory)' 등 현대 사조와 과학이 화이트헤드의 '과정 형이상학'으로 흐르고 있다. 이제 더 이상 우주의 본체와 각개 사물의 분리를 인정하지 않는다.

《주역》의 특징은 이분법의 거부에 있다. 약함과 강함, 밝음과 어둠, 부와 가난, 성공과 실패를 두부 자르듯 자를 수 없다는 것이다. 음과 양은 획일적으로 분리되지 않고 하나로 연결되어 맥락에 따라 음이 되기도 하고 양이 되기도 한다.

이런 음양(陰陽)조차도 사물의 본질은 아니다. 단지 사물의 의미를 부여하는 하나의 원리이며 설명일 뿐이다.

세상을 중층적으로 관조하기

유기체적 사고에서 화이부동(和而不同)이라는 원칙이 도출된다. 모든 일에 다면성이 있다는 것을 알고 당연히 일희일비하지 않으며 세상을 중층적으로 관조한다. 이런 사람들을 군자(君子)라 불렀다.

군자는 갈등과 대립을 당연한 이치로 받아들이고, 없애야 할 것이 아니라 함께 가야 할 동반자로 여긴다.

정(鄭)나라 시조 환공(桓公)이 주(周)의 태사(太史) 사백(史伯)에게 물었다.

"주나라가 망하겠소?"

"반드시 망합니다."

"그 까닭이 무엇이오?"

"화(和)의 원리를 버리고 동(同)의 원리를 따르고 있기 때문입니다.

그래, 한 박자 느리면 어때

화는 만물을 낳는 창조의 원리입니다. 화를 버리면 새로운 것이 나올 수 없고 결국 정체해 쇠락하게 됩니다. 동의 원리만 따르면 아무것도 새로운 것이 나올 수 없습니다. 서로 다른 것이 화합해 균형을 이루는 것이 화입니다. 바로 그것 때문에 화는 새로운 생명을 낳고, 더 풍성하게 하며, 만물을 윤택하게 합니다. 매양 같은 것만 덧붙인다면 생명은 쇠퇴할 수밖에 없습니다."

"무슨 뜻이오?"

"지금 주왕은 지혜 있는 사람을 멀리하고 자신처럼 음험하고 간사한 인물만 가까이하고 있습니다. 나라를 흥성케 한 선왕(先王)은 다른 부족의 여자를 왕비로 받아들였고, 산물도 여러 지방의 것을 골고루 취했습니다."

"음……."

"선왕은 또한 바른 소리 하는 신하를 가까이했고, 의견이 다른 사람들을 함께 취해 비교하고 판단했습니다. 한 가지 색으로 어찌 여러 색을 볼 수 있겠습니까? 한 가지 소리만 내면 바르게 들을 수 없습니다. 맛도 그렇습니다. 매양 똑같으면 나중에는 맛있다, 맛없다는 말조차 필요 없게 됩니다. 그런데 주왕은 화의 원칙을 버리고 동만 추구하니 나라가 보전될 수 있겠습니까?"

인
생

♣

삶을 모두 이해하려고만 하지 마라.

인생이란 축제 같은 것이니

하루하루 일어나는 일들 그대로 살아가라.

아이들은 바람 불어 흩어지는 꽃잎을 온몸으로 받아들이면서도

그 꽃잎을 모아둘 생각은 하지 않는다.

머리에 붙은 꽃잎을 털어낼 뿐.

- 라이너 마리아 릴케(Rainer Maria Rilke)

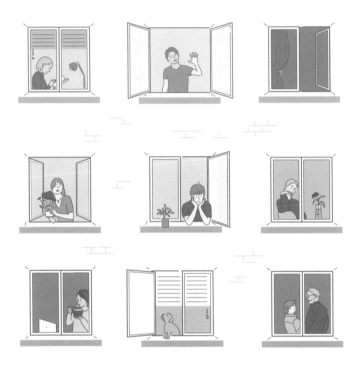

뭘 더 바라나?

어느 중년 여성이 지인들과 제주 식물원을 구경하던 중 얼마 전에 결혼한 아들 이야기를 꺼냈다.

"그렇게 착하기만 하던 우리 아들이 결혼하더니 변했어. 너도 알다시피 우리 집 가족행사가 좀 많아? 그런데 아들이 그러더라고. 엄마, 앞으로 자주 못 뵈니 그런 줄 아세요. 일 년에 명절날 한두 번 정도 외에는 못 오겠다는 거야."

"그래서 뭐라고 했어?"

"아무래도 단출한 집에서 온 며느리 눈치가 보이나 봐. 가만있으면 안 될 것 같아서 쏘아붙였지. 너 그러는 거 아니다, 엄마 아빠 생일만 해도 두 번인데 결혼한 지 얼마나 되었다고 벌써 그러니 하고."

그녀의 아들은 대학 졸업 후 변변한 직장 없이 혼자 사업한다고 다녀서 언제 사람 구실하고 살지 꽤 걱정을 시켰다. 그러던 아들이 서른 중반의 늦은 나이에 공무원 시험에 합격했을 때는 더 이상 바랄 게 없었다. 그리고 이제 결혼까지 앞두고 있어 정말 더는 바랄 게 없다고 입버릇처럼 말하던 터였다.

그래, 한 박자 느리면 어때

그 과정을 잘 아는 친구 하나가 그녀에게 말했다.

"뭘 더 바라니? 아들이 취직도 못하고 곁에서 계속 어슬렁거리면 어쩔 뻔했어? 나가서 잘 사니 그걸로 족한 줄 알아."

친구의 말에 그녀는 고개를 주억거렸다.

"하긴 둘만 잘 살면 되지, 뭘 더 바라겠어."

사람 욕심은 한이 없다. 아무것도 없을 때는 하나라도 있으면 좋겠다고 한다. 그러다 하나가 생기면 둘을, 둘이 생기면 셋, 넷 계속 바라는 게 생긴다. 그럴 때 돌아보라. 과거에 내 심정이 어떠했는지.

약간의
거짓이
더
좋을 때가
있다

인간의 모든 행적과 속마음까지 그대로 투영하는 스크린이 있다면
어떻게 될까? 모든 관계가 다 틀어질 것이다.

스스로 의식하기에 부끄러운 생각이 하루에도 얼마나 많이 일어나
는가. 남에게 피해가 되지 않는다면 "모르는 게 약"인 경우가 많다.

알아서 좋지 않은 일도 많다. 특히 타인의 행위를 지레짐작으로 판
단해 소문을 내면서 곤란해지는 경우가 얼마나 많은가. 정말 사소한 일
인데도 잘못 알려지면 큰일이 되어버린다. 그래서 가능하면 다른 이의
개인사에는 관여하지 않는 것이 좋다.

열 길 물속은 알아도 사람의 본심은 모르는 법이다. 이는 내 마음도

마찬가지다. 나도 모르게 얼마나 자주 변덕을 부리는가. 아무리 좋은 사람이라도 가끔은 싫을 때가 있게 마련인데, 그럴 때마다 싫다고 말해버린다면 어떻게 되겠는가.

아무에게도 피해를 주지 않는다면 약간의 거짓이 무자비한 진실보다 더 낫다. 이는 거짓을 조장하려는 것이 아니라 더 발전적인 관계를 위해서 하는 말이다. 이 사실을 밝혀야 할까 말까 고민이 될 때는 어느 쪽이 서로에게 도움이 되는가를 먼저 생각해야 한다.

다 알아서 좋은 것은 없다. 아무리 가까워도 서로의 밑바닥까지 알려하지 말고 지켜주는 것이 도리다. 가까울수록 예의를 지켜야 한다.

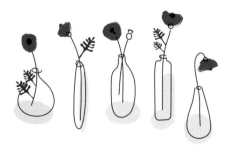

명
상
하
라

●

冥

바쁠수록 명상하라.

명상은 아무리 분주한 곳에서도 안식을 준다.

바쁠수록 삶의 원칙에 대해 명상하라.

일을 그르치는 이유는 불안정한 상태에서

성급하게 결정하기 때문이다.

한적한 곳을 찾아 명상하라.

그럴 여유가 안 되면 지금 있는 곳에서라도

마음이 고요한 시간을 만들라.

想

이렇게 명상하라 ───

무엇을 어떻게 명상해야 할까?

사념(思念)을 끊고 끝없이 고요한 대자유를 누리는 것이 명상이다. 그래서 명상은 외부와 별로 관계가 없다. 적막강산이라도 마음이 요동 칠 수 있고, 전쟁 통에도 마음을 비우고 명상을 할 수 있다.

일단 명상의 주요 목적은 지금까지의 생각을 멈추는 데 있다. 누구 나 원하는 삶이 있다. 그것에 방해되는 사념을 빼내기만 하면 원하는 삶 을 살 수 있다.

하지만 쉽게 생각이 지워지지 않을 때는 어떻게 해야 할까?

우선 사념의 방향을 '존재에 대한 감사'로 돌려보라. 내가 여기 있고 저것이 저기 있기에 그나마 고민도 하는 것 아닌가. 바라는 일이 잘되지 않을 때는 왠지 자신이 초라해 보이고 싫어지기까지 한다. 그럴 때일수 록 '자신에 대해 감사'해야 한다.

우리는 하늘의 별과 거대한 산과 태양을 보고 감탄하면서도 정작 자 신에 대해서는 감탄하지 않는다. 한번 생각해보라. 살면서 마주치는 괴로운 일을 견뎌내는 '나 자신'이 얼마나 대견한가.

나를 긍정하면 그때까지 나 자신 안에 잠들어 있던 새로운 시각이 열리기 시작한다. 또한 당면한 문제에 대해서도 원망보다는 감사를 하게 된다. 문제를 해결하는 과정이 없다면 인생이 얼마나 무미건조하겠는가. 문제가 있다면 반드시 해결 방안도 있게 마련이다.

일이 다 풀리고 난 뒤에 감사하는 것보다 문제를 풀어가면서 감사하는 마음이 더 고귀하다. 생각(think)과 감사(thank)는 어원이 같다. 생각의 기본이 감사여야 한다는 의미다.

감사는 물결과 같고 메아리와도 같다. 생각 속에 작은 감사가 타원형처럼 번지며 더 큰 감사의 파동을 일으킨다. 아무리 시끄럽고 힘들어도 감사의 생각 속에 깊숙이 빠져들어 보라. 어느덧 사념이 끊기며 태고의 고요와 같이 텅 빈 마음을 갖게 된다.

교훈은
함부로 하는 게
아니다

좋은 이야기도 한두 번이다. 본인의 삶은 그렇지 않으면서 교훈만 늘어놓는다면 그것을 견딜 사람은 없다. 교훈을 하려면 우선 본인이 그 교훈대로 살고 있어야 한다. 행동이 말보다 더 중요하다.

공자(孔子)는 남에게 교훈할 만한 자격을 갖춘 사람을 가리켜 군자(君子)라 했다.

군자 욕눌어언이민어행

(君子 欲訥於言而敏於行)

군자는 비록 말을 어눌하게 해도 행동은 민첩하다는 뜻이다. 말만 유창하고 실천하지 않는다면 위선자다.

예언자 무함마드(Muhammad)도 스스로 실천한 것만 가르쳤다.

어느 날, 한 여인이 무함마드를 찾아왔다. 그녀는 자신이 열심히 돈을 벌어 오면 젊은 아들이 그 돈으로 맛있는 대추야자를 사 먹는 바람에 가난에서 벗어날 수 없다고 하소연했다. 무함마드는 즉석에서 교훈하는 대신 35일의 여유가 필요하다고 말하고는 그 뒤에 아들을 데려오라고 했다.

35일 뒤, 여인이 아들과 함께 찾아왔다. 무함마드는 젊은이를 점잖게 타일렀다.

"이제 자네도 옳고 그름을 분별할 나이가 되었네. 자네 어머니가 자네를 키우느라 얼마나 고생했는지 잘 알걸세. 어머니가 힘들게 번 돈을 대추야자를 먹는 데 모두 낭비하는 것이 과연 옳은 일인가? 앞으로는 자네가 돈을 벌어 어머니를 모시는 것이 도리일세. 알라의 은총으로 자네의 나쁜 습관이 고쳐지길 기원하네."

여인과 아들이 돌아간 뒤 제자들이 무함마드에게 물었다.

"예언자시여, 왜 여인에게 35일간 여유를 달라고 하셨습니까?"

무함마드는 이렇게 대답했다.

"나도 대추야자를 아주 좋아하네. 내가 즐겨 먹으면서 어떻게 청년에게는 먹지 말라고 할 수 있겠는가? 그래서 먼저 내가 35일간 먹지 않고 참아낸 뒤에야 청년에게 권면한 것이네."

무함마드는 이렇게 자신이 삶으로 실행한 것만을 교훈하였다. 교훈하기 전 먼저 실천했기 때문에 그 감화력이 더욱 컸다.

아는 것과 깨닫는 것은 다르다. 아는 것은 지식이고 깨닫는 것은 지혜다. 지식(knowledge)은 머릿속에 받아들이면(acceptance) 생긴다. 하지만 지혜(wisdom)는 경험(practice)을 통해서 깨닫게 된다.

아는 것이 많아 훈장질은 곧잘 하지만 정작 그 삶 속에 열매가 없는 이들을 한번 살펴보라. 현장 경험이 부족하여 지혜가 없는 사람들이다.

바가지 물은 남겨두자

아라비아 사막의 유목민들은 전통적으로 집을 소유하지 않았다. 이들에게는 짐승 털로 만든 텐트 하나가 전부였다.

유목민들은 목초지와 우물을 찾아 텐트를 쳤다가, 풀이 부족해지면 텐트를 걷어 낙타에 싣고 새로운 초원을 찾아 떠난다. 그러니 땅과 집에 미련을 가질 이유가 없고, 집은 이동식 텐트 하나면 족하다. 그 대신 땅과 우물만은 소중히 보존한다. 자기 부족이 마신 우물물을 다른 부족도 마셔야 하기 때문이다.

아라비아 사막의 수백여 종족이 목초지와 우물을 서로 아껴주지 않으면 모든 우물이 망가져 못 쓰게 된다. 유목민들은 이런 환경에서 자연스레 자선(慈善)을 익혔다.

사막을 건너던 한 나그네가 큰 모래바람을 만났다. 간신히 모래바람을 뚫고 걸어가는데 작은 오두막집 하나가 보였다. 천만다행이었다. 안에 들어가니 수도 펌프가 있었고, 그 옆에는 물 한 바가지가 놓여 있었다.

바가지를 들고 허겁지겁 물을 마시려는데, 옆에 누군가가 써놓은 글이 보였다.

"이 물은 마시지 마세요. 펌프에 부어 물을 퍼내고 마음껏 마시세요. 그리고 뒤에 오는 사람도 펌프의 물을 마실 수 있게 이 바가지에 물을 가득 채워두세요."

바가지의 물은 마중물이었다. 계속 물을 뿜어 올려주는 마중물.

혹독한 환경 속에서 살아가는 유목민들은 서로 배려하지 않으면 모두 불행해진다는 것을 잘 알고 있었던 것이다.

어부들이 물고기를 잡을 때도 치어를 남겨두어야 다음 어로 작업을 할 수 있다. 하물며 공동체를 유지하려면 마중물만은 언제나 남겨두어야 하지 않겠는가. 그래야 나도 너도 목마를 때 해갈을 할 수 있다.

영혼의 정화

무함마드는 유목민들에게 고아나 과부 등 궁핍한 자에 대한 '자선'은 의무라고 가르쳤다. 그는 스스로 한 달에 사흘은 단식하면서 배고픈 설움이 무엇인지 체험했다.

자선을 가리키는 아랍어 '자카트(Zakat)'는 '정화(淨化)'라는 뜻이다. 몸은 물로 씻지만 마음은 자선으로 닦아낸다.

"굶주린 이를 본 체 만 체하고 혼자만 편히 사는 사람은 무슬림이 아니다"라고 설파한 무함마드는 자선을 할 때 편을 나누지 말고 '친절한 말과 행동'으로 하라고 덧붙였다.

동서양의
차　이

320만 년 전 최초로 직립 보행한 아프리카의 여인을 '루시'라 명명했다. 지금까지 별견된 화석으로는 루시기 인류의 조상 아담인 셈이다.

루시의 후손들은 각기 다른 대륙에 정착해서 그 나름대로 신화를 창조해냈다. 그 뒤 축의 시기(axial period)인 기원전 800년 무렵부터 인더스 강의 힌두교와 불교, 황허강을 기반으로 한 유교, 그리고 티그리스와 유프라테스 강 유역에서 발생한 유대교와 기독교, 아랍반도의 이슬람교 등 고등 종교가 탄생한다. 철기시대로 돌입해 빈부 격차가 발생하면서 상대적으로 소외된 대중을 돌보려는 고등 종교가 출현한 것이다.

부처는 인간 안에 불성(佛性)이 있다고 했고, 예수는 가장 약한 사람을 대접하는 것이 곧 신을 대접하는 것이라 했다. 유교는 예의지심, 이슬람은 구제를 최고의 가치로 내세웠다. 동양과 달리 서양은 절대지존의 신을 내세웠고, 그중 기독교는 배타적 신을 설정했다.

엘리아데(Mircea Eliade)에 따르면 고등 종교 이전 원시신화의 공통점은 히에로파니(거룩한 것의 현현)로 이는 거룩한 대승을 만난다는 뜻이다. 오늘날과 같은 과학이 없던 시대에는 존재론적 불안에서 벗어나는 경험을 할 때 거룩한 대상을 만나는 느낌을 가졌던 것이다.

그렇다면 히에로파니는 언제 경험할까?

극한 상황이나 이해되지 않는 사건, 존재와 맞닥뜨릴 때 경험한다. 예를 들어 곰을 섬기던 부족이 곰을 만나거나 곰처럼 생긴 바위를 보면 히에로파니를 느낀다. 즉, 태양, 하늘, 번개, 고목나무 등에 신화적 의미를 부여하면 그 앞에 설 때 우주의 중심으로 들어간 느낌을 가지게 된다.

신은 당신의 무의식 속에

　고등 종교는 히에로파니의 광대한 경험을 추상적인 특정 대상에 한정시켰다. 즉, 십자가나 부처상 또는 반달 모양의 상징 등으로 국한시켰다. 히에로파니를 경험하는 장소도 사찰이나 예배당 등으로 대폭 축소되었다. 그래서 특정 종교에 빠졌다가 풀려나면 세상이 온통 신기하고 새로워 보이는 것이다.

　특히 서양의 고등 종교는 창조주를 특정하며 범신적 히에로파니를 해체시켰다. 세계적인 비교신화학자 조지프 캠벨(Joseph Campbell)은 여기에서 종교의 언어가 은유로 가득한 시에서 산문으로 변했다고 말한다. 이로써 세상은 더 이상 시적 은유가 가득한 장소가 아니라 풍경화처

럼 우리의 이성으로 소묘하는 대상이 되었다.

　　사물의 배후에 깃든 신의 자리를 걷어낸 뒤 과학은 비약적으로 발전했다. 그것도 자연을 마음껏 파괴하는 방향으로의 발전이었다.

　　그런데 수만 년 동안 지속되어온 자연 만물에 대한 히에로파니는 어디로 갔을까? 우리의 의식 깊은 곳에 내려와 있다. 심리학자 융(Carl Gustav Jung)은 이를 '집단무의식의 원형(archetype)'이라 했다.

　　그 속에 인류의 아담인 '루시'에서부터 고대사회의 신화들이 그림자처럼 어른거리고 있다. 이 때문에 현대인도 산과 나무, 바다와 해, 달과 별 등을 보며 경이로움을 느끼는 것이다.

Part 7
—
동조에서 비켜서서

그냥 같이 웃으면 돼

간혹 지나치게 농담을 좋아하는 사람들을 만난다. 농담이 적절한지 여부는 듣는 사람에게 달려 있다. 평소 진지한 사람이라면 사소한 농담에도 예민한 반응을 보일 수 있다. 그래서 농담도 상대를 보아가며 해야 한다.

진지한 사람도 반성할 필요는 있다. 약점을 드러내는 말을 농담이라고 하면 거북하겠지만, 그저 웃자고 하는 이야기를 진지하게 받아들이면 문제가 복잡해질 수 있다는 것을 알아야 한다.

빌 클린턴이 미국 대통령일 때의 이야기다.

어느 날 클린턴 부부는 우연히 힐러리의 옛 애인이 운영하는 주유소에 들르게 되었다. 어색한 분위기에서 주유를 마치고 나온 뒤, 클린턴이 힐러리에게 약간 비웃는 어조로 말했다.

"당신, 저 남자와 잘 헤어졌지. 만일 저 남자와 결혼했으면 지금쯤 주유소 사장 부인이 되었을 거야."

아마 클린턴은 "당신 때문에 대통령 부인이 되어 고맙다"는 대답을 기대했을 것이다. 그런데 힐러리의 대답은 의외였다.

"아니, 저 사람이 지금 대통령이 되었겠지."

그 말에 클린턴은 폭소를 터트렸다.

그냥 같이 울면 돼 ─────

중학생 딸 하나를 둔 어머니가 고아 소녀를 입양했다. 힘든 세상을
둘이 위로하며 살 수 있기를 바라는 마음에서였다.

어머니는 "큰딸은 배 아파 난 자식, 작은딸은 가슴으로 난 자식"이
라며 조금도 차별하지 않고 사랑을 쏟았다. 중학생 딸도 동생이 생겼
다고 좋아하면서 새 가족과 잘 지내려고 애썼다. 그런데 소녀는 마음
을 열지 못했다. 어머니와 언니의 정성을 받아들이지 못한 채 매일 울
기만 했다.

하루는 언니가 속이 상해서 말했다.

"넌 왜 자꾸 울기만 하니? 제발 그만 좀 울어. 왜 우는지 말을 해야
알지."

그렇게 말하고는 금방 후회했다.

'이 아이가 왜 울겠어? 새로운 집에 적응도 안 되고, 처음 보는 사람
한테 어머니라고, 언니라고 불러야 하니 그렇겠지.'

그런 생각이 드니 동생이 더 애처로워 보였다.

그때부터 언니는 동생이 울 때마다 같이 울었다. 그리고 동생에게 다
가가 먼저 안아주었다. 자매는 울다가 지쳐 같이 잠들곤 했다. 그렇게 두
사람은 세상에서 가장 친밀한 자매가 되었다.

타인의 약점을 비난하지 않기 ———

사람을 미워하지 말고 죄를 미워하라 했듯이 잘못과 약점도 구분해야 한다. 누구나 약점이 있고, 이 약점은 그의 잘못이 아니라 유전적·환경적 요인에서 비롯된 것이다. 이 두 요인으로 인생에는 모순과 우연이 발생한다.

노래 잘하는 재능을 타고난 사람과 음치로 태어난 사람을 어떻게 비교할 수 있을까? 금수저 인생이 힘겹게 사는 이에게 '마음의 여유가 없이 산다'고 말할 자격이 있을까?

타인의 약점을 비난거리로 삼지 말고 그 배경을 이해하려 노력하면 그때부터 상대가 전혀 달리 보일 것이다. 내가 매몰차게 표현하고 비난했던 약점이 사실은 그의 어떤 경험에서 비롯된 것이라면 어떻겠는가. 그 약점은 비난할 게 아니라 보듬어주어야 한다.

주류가 지목한 배신자를 보라

주류가 지목한 배신자들의 움직임을 보라. 미래가 보일 것이다.

변화는 항상 변방에서 일어난다. 그 변방이 주류가 되면 변화를 꾀하기보다 다시 안정으로 회귀한다.

만약 주류 내부에서 변화를 일으키려 한다면 그는 배신자가 된다. 설령 그가 황제라 해도 그렇다.

대표적인 사례로 로마의 율리아누스(Flavius Claudius Julianus, 331~363) 황제를 꼽을 수 있다. 이 황제의 통치 기간은 2년 남짓에 불과하지만 평가는 극단적이다. 로마의 국교로부터는 배교자라는 낙인이 찍혔고, 후세 사람들에게는 관용의 황제로 칭송받고 있다.

율리아누스 황제는 국교를 싫어했다기보다는 제국에 조성된 불관용의 분위기를 우려했다. 그 시대의 기독교는 지하 카타콤으로 도망 다니던 약자가 아니었다. 313년 콘스탄티누스 황제가 기독교를 공인한 뒤 이후 로마의 국교로 인정받아 사회적 최강자가 되어 있었다.

변방에 있던 사람이 중앙을 차지하면 더러 변질될 때가 있다. 이 경우 약자의 심리를 더 잘 알고 있어 교묘하게 억누른다. 이처럼 기독교도 다른 사상을 이단으로 몰며 철저히 파괴해 나갔다.

교회마다 헌금이 쌓여갔고, 주교는 로마 귀족보다 더 큰 권력을 행사했다. 카타콤 시절에는 성직이 순교로 가는 지름길이었으나, 기독교 공인 이후 성직은 돈과 권력의 맛에 취한 채 출세의 상징이 되었다. 같은 교단 안에서도 교리 논쟁과 정치에서 패배하면 파문을 당했다.

그 당시 어느 주교는 이렇게 말했다.

"우리는 매년, 매월 애매하게 새 교리를 만들어 다른 주교를 공격하고 저주한다."

율리아누스 황제는 이대로 가다가는 제국 전체가 국교의 패권 다툼으로 아수라장이 될 것으로 판단했다. 그래서 362년 관용 정책을 선포해 그리스 고전, 신플라톤주의나 미트라 종교 등 로마 민족의 종교를 허용했다. 이는 사상의 자유를 허락한 것이어서 국교로서는 치명적이었다. 마침 아폴로 신전에 불이 나자 황제는 이를 기독교의 소행으로 보고 가장 큰 교회를 폐쇄했다.

율리아누스는 23세에 부황제가 되고 29세에 황제가 되었다. 그는 마르쿠스 아우렐리우스처럼 철학자로서 통치하려는 포부를 가진 데다 매우 검소하게 생활했기 때문에 상상 이상의 부귀영화를 누리던 주교들은 황제를 부담스럽게 여겼다.

다음 해에 황제는 페르시아 원정을 떠났다. 몇 차례의 승리 끝에 바그다드 근처의 성벽에 도달했지만, 강력한 저항에 부딪혀 패배하고 말았다. 급히 퇴각하던 도중 어디선가 창이 날아와 황제의 복부에 꽂혔다. 기독교도 근위병이 그 창을 던졌다는 설이 유력하다.

율리아누스 황제는 이런 유언을 남겼다고 한다.

"인생의 마지막 선물이 죽음 아니던가? 이제 작별을 고할 때가 왔다. 지금까지 나는 어떤 비열한 짓도 하지 않았고, 누구를 무고하게 죽이지도 않았다. 선정을 베풀려 노력했고, 전쟁도 다른 수단이 없을 때 마지막으로 선택했다."

황제가 죽은 뒤 다시 국교 외에는 모든 사상이 이단으로 정죄되었고, 이런 흐름은 중세의 마녀사냥으로 귀결되었다.

로마의 변방에서 핍박받던 종교는 주류가 되자 변혁적인 황제까지 제거했다.

인간은 만들어져가는 존재

인간이란 태어난 순간까지 인간은 아니었다.
그 뒤 인간으로 만들어져가는 것이다.
자유로운 교육만이
인간을 다시 자유롭게 한다.

- 에라스뮈스(Desiderius Erasmus)

잘 사는 삶
．．．．．．．．．．．．．

잘 사는 삶의 기준이 무엇일까? 이것은 얼마나 소유했느냐의 문제
가 아니다. 어떤 빛나는 정신을 소유하고 있는지가 중요하다.

대부분 시대적으로 부러워하는 것을 소유한 사람을 가리켜 성공했
다고 한다. 그런데 조금만 깊이 생각해보면 소유물이 아니라 그 사람의
존재 자체가 어떤 의미를 가지느냐가 중요하다는 사실을 알게 된다.

누구 하면 떠오르는 이미지가 있다. 몇 번 만나고 생긴 이미지가 아
니라 오랜 세월 동안 나이테처럼 쌓인 이미지 말이다.

그 사람 참 향기로운 사람이야.

참새처럼 떠들어도 귀엽기만 하지.

언제나 함께 있고 싶은 사람이야.

만나면 그렇게 즐거울 수가 없어.

늘 누군가를 도와주려 하는 사람이야.

이렇게 빛나는 정신과 달리 음침한 정신을 가진 사람도 많다.

두 번 다시 만나고 싶지 않아.

자기밖에 모르는 사람이지.

매사가 변명뿐이야.

눈앞의 이익에 급급한 사람이지.

썩은 고기만 찾아다니는 하이에나 같아.

자, 당신은 어떤 빛나는 정신을 품고 있는가?

중세 천년을 깬 르네상스

당신의 르네상스(Renaissance)는 언제부터였는가. 흔히 르네상스 하면 자신의 전성기를 가리킨다.

암흑의 시기로 규정된 천년의 중세가 지나고 르네상스를 맞아 미켈란젤로와 다빈치 같은 천재가 나왔고, 콜럼버스 같은 대탐험가도 나왔다. 르네상스는 한마디로 천재성의 빅뱅이었다.

중세 천년 동안 유럽인들은 알아듣지도 못하는 라틴어를 공용어로 사용해야 했고, 로마 가톨릭의 교리와 다른 것은 무엇이든 터부시해야 생존할 수 있었다. 작은 변화도 거부했던 그 기나긴 역사를 깨는 데 가장 두드러진 족적을 남긴 사람은 바로 인문주의자 에라스뮈스였다.

에라스뮈스는 황제나 교황, 귀족처럼 권력을 가진 것도 아니었고 바르디 가문, 메디치 가문처럼 부유하지도 않았다. 성직자의 사생아로 태어난 에라스뮈스가 가진 것은 오직 하나, 천년 동안 지속된 종교의 획일화로 억눌려 있던 다양성을 해방시키겠다는 열정뿐이었다.

물론 인쇄술의 발달과 더불어 신의 도성이라 여겨온 동로마의 콘스탄티노플이 오스만트루크제국에 함락된 것도 르네상스 운동에 큰 영향을 미쳤다. 중세인에게 신의 도성이 무너진다는 것은 상상조차 할 수 없는 일이었다. 세상이 멸망해도 신의 도성만은 영원해야 했다. 그런데 이교도에게 함락되자 중세인의 정체성도 뿌리째 흔들렸다.

이와 마찬가지로 개인의 르네상스도 중세처럼 완고한 정체성의 붕괴에서부터 출발한다. 당신의 변화를 가로막고 있는 고정관념은 무엇인가? 그것을 버려야 당신의 르네상스가 시작된다.

르네상스 운동은 집단 정체성의 위기 극복 노력으로서 중세인의 정신에서 빠져나간 신앙 의식의 자리를 고대 정신의 순수한 의식으로 채우려는 과정이라 할 수 있다.

바보로 만드는
무지와 도취

　　에라스뮈스의 책 《우신예찬(愚神禮讚)》은 르네상스의 확산에 결정적 역할을 했다. 우신, 곧 바보 신은 아버지 '풍요 신'과 어머니 '청춘 신' 사이에서 태어난다. 신이 바보인 만큼 신의 어머니와 유모, 신의 친구들도 모두 바보 같은 신이다. 바보 신의 두 유모도 '무지의 신'과 '도취의 신'이다.

　　바보 신은 무지의 젖에다 자아도취에 빠지는 젖까지 먹고 자랐다. 성장해서 만난 친구들도 모두 멍청한 신으로 '무분별의 신', '쾌락의 신', '방탕의 신', '교만의 신', '미식가의 신', '추종의 신', '수면의 신', '게으름의 신' 등이었다.

　　그의 책 가운데 몇 구절만 읽어도 인간이 얼마나 잘 속는지를 알 수 있다.

　　만일 교황이 신의 대리자라면 가난하고 고난 가운데 살아야 되는 것이 아닌가. 그런데 교황은 화려함과 영화를 누리고 있다.

에라스뮈스 시대의 사람들은 교황에게 헌물을 바치는 신자는 가난하게 되고 교황은 부자가 된다는 것을 깨닫지 못한 채 교황이 신을 대신한다고 받들어 섬겼다.

에라스뮈스는 이러한 상황을 지적한다.

지배자들은 똑똑한 신하보다 어리석은 자들을 훨씬 더 좋아한다. 이들이 쾌락, 웃음, 오락을 제공해주기 때문이다. 그렇게 희생하면서도 어리석게도 지배자에게는 단순할 만큼 정직하다.

에라스뮈스는 다른 책에서 이런 글도 남겼다.

신자들은 자신들의 죄가 양피지 조각이나 밀랍 조각상으로 없어진다고 믿는다. 또한 순례 여행이나 몇 푼 갖다 바치는 돈으로 순식간에 씻긴다고 믿는다. 그런 믿음 때문에 사기를 당하면서도 웃고 있다.

인류의 역사는 오랫동안 바보 신을 섬겨온 바보들의 행진이었다.

내 느낌 그대로, 내 생각 그대로

    지금도 살아 있는 권력을 풍자하고 조롱하는 것은 위험한 일이다. 그런데 중세 사회의 에라스뮈스는 오죽했을까?

    중세 사회에서는 에라스뮈스가 개혁의 알을 낳고 루터가 부화시켰다며 에라스뮈스를 몹시 비난했다. 에라스뮈스는 이에 대해 "내가 알을 낳은 것은 맞지만 루터는 다른 새의 알을 부화시켰다"고 반박했다. 가톨릭에서 개신교로의 루터식 개혁은 인간을 또 신의 기계로 만드는 것이어서 자신의 의도와 달랐던 것이다. 에라스뮈스는 "소경의 나라에서는 외눈박이가 왕이다"라는 말로 맹신 속의 격정이 낳을 광기를 우려했다.

　당시 개혁 세력들은 노년의 에라스뮈스를 영입하려고 노력했지만 그는 이를 거절했다. 그는 주류와 비주류 어디에도 속하지 않은 채 곤욕을 치렀다. 만일 그가 이때 한쪽 진영에 섰다면 당시에는 환대와 영화를 누렸겠지만 역사에서 지금처럼 높은 평가를 받지는 못했을 것이다.

　에라스뮈스는 오직 한 가지 신념으로만 훈육을 받아온 천년이 또 다른 하나의 신념으로 대체되는 것을 우려했다. 그는 획일화된 세상이 아니라 내 느낌 그대로를, 내 생각 그대로를 표현할 수 있는 세계를 원했다. 그래서 그의 르네상스는 철저히 인본주의적이었다.

　에라스뮈스는 인간의 본성이 선하다고 믿었다. 그리고 이를 악용하려는 모든 시도를 거부했다.

모피를 두른 법률 고양이

　에라스뮈스의 자유주의 정신을 계승한 사람이 프랑스의 작가이자 인문학자인 라블레(François Rabelais)다. 당시 유럽에서는 신대륙의 발견과 종교전쟁의 발발 등으로 사회 전반에 근본적인 변혁이 일어나고 있었다. 그 변혁의 중심에 에라스뮈스가 있었고, 그의 뒤를 라블레가 이어갔다.

　라블레는 당시 주류와 비주류 모두에게 공격을 받으며 난처한 상황에 처해 있던 노스승 에라스뮈스에게 이런 위로의 말을 건넸다.

　　이 시대의 명예이며 예술의 수호신이시여.

　　오늘의 나는 스승께서 만들어주셨습니다.

　　진실의 투사여.

　　학습의 시대가 지나가고, 사람들은 더 깊은 사색의 언어는 듣지 않습니다. 오직 시장 바닥의 거친 언어만 난무하는 시대입니다.

라블레는 1510년 프란체스코회 수도회의 수련수사가 되었다가 1530년 서원을 깨버리고 의사가 되었다. 그는 자신이 존경하던 에라스뮈스처럼 유럽의 방랑자로 살면서 학위나 성의, 법복 등을 우습게 여겼다. 그의 소설 속에는 법조인이 '모피를 두른 법률 고양이'로 표현되어 있다. 그는 소설에서 교수와 변호사, 성직자 등의 위선적 모습을 익살스럽게 그려내고 있다. 이것은 당대 권력자들에게 큰 타격을 주었다.

라블레의 작품은 당시에 일종의 우울증 치료제 역할을 했다. 그가 젊은이들에게 전하려고 했던 핵심 메시지는 늘 "위선자들에게 속지 말고 스스로 유쾌하게 살라"는 것이었다.

라블레의 특징을 가장 잘 드러낸 작품이 《팡타그뤼엘》이다. '팡타그뤼엘'은 거인의 이름으로, 이는 당시 작자 미상의 베스트셀러 《가르강튀아 연대기》에서 패러디한 것이다.

《팡타그뤼엘》에는 파뉘르주라는 총명하지만 사기를 잘 치는 인물이 등장한다. 파뉘르주는 배를 탔는데, 거기에서 양 떼를 싣고 바다를 건너는 상인을 만난다. 상인은 파뉘르주의 꾀죄죄한 옷차림을 보더니 비웃고 모욕한다. 이에 약이 오른 파뉘르주는 그를 골탕 먹일 요량으로 웃으면서 양들이 튼튼하고 참 좋다고 칭찬한다. 그러고는 우두머리 양을 꼭 사고 싶다며 사정한다.

파뉘르주는 절대 팔 수 없다는 상인을 잘 구슬려서 거액을 주고 우두머리 양을 샀다. 그는 양을 사자마자 곧바로 번쩍 들어 바닷속으로 던져버렸다. 그러자 이것을 본 다른 양들도 줄줄이 바다로 뛰어들었다. 양들에게는 우두머리를 따라 맹목적으로 행동하는 습성이 있었던 것이다.

전 재산을 잃게 된 상인은 한 마리라도 건져보려고 바다로 뛰어들었고, 끝내 죽고 말았다. 라블레는 탐욕스러운 지도자는 그 상인처럼 망한다는 것을 통쾌하게 풍자하고 있다.

더 놀자,
더 유쾌하게 놀자

중세 유럽에서는 교양인 대우를 받으려면 라틴어를 사용해야 했다. 프랑스에서도 모국어를 천대하는 풍토에서 프랑스어가 발전하지 못해 명확하지 않은 표현이 많았다.

이런 상황에서 라블레는 프랑스어로 소설을 썼고, 이로써 프랑스어의 근대적 문체 확립에 크게 기여했다. 그는 작품에서 화자가 교양인인 척 뽐내는 것을 풍자할 때만 라틴어를 사용했다.

라블레 소설의 주요 테마는 두 가지였다. 그는 인간을 전적으로 타락한 존재로 보는 칼뱅주의와 금욕주의를 강조하는 스콜라 철학을 공격한다. 또한 법 만능주의를 경계하면서 군주도 법에 의한 통치만 강조할 것이 아니라 민중의 신뢰를 추구하라고 했다.

라블레는 "자신도 다스리지 못하는 자가 남을 다스릴 수 없다"는 신념으로 소설 속의 텔렘 수도원을 통해 자신이 생각하는 유토피아를 묘사했다. 텔렘 수도원의 원칙은 바로 이것이다.

"하고 싶은 대로 하라!"

텔렘 수도원에는 통치자도 없고 화폐도 없고 시계도 없다. 각자 하고 싶은 일을 하고, 먹고 싶을 때 먹고, 자고 싶을 때 잔다. 그렇다면 힘든 일은 누가 할까? 수도원 밖의 일꾼들이 한다. 이러한 설정은 마치 다가오는 AI시대를 보여주는 듯하다. 로봇이 일하고 로봇세를 걷는 세상 말이다.

라블레가 프랑수아 왕의 명으로 로마에 갔다가 돌아오는 길에 벌인 일도 재미있다.

리옹에 이르렀을 때 여비가 바닥나자 신분을 밝히고 싶지 않았던 라블레는 잠깐 생각하더니 의사로 변장한 뒤 그 지방의 의사들을 불러 모았다. 그러고는 그들 앞에서 탄복할 만큼 뛰어난 의학 강의를 한 다음 약 한 봉지를 꺼내놓았다.

"이건 이탈리아에서 구해온 독약입니다. 이것으로 왕을 독살할 계획이니 절대 발설하지 마십시오."

그 말에 놀란 의사들은 즉시 신고를 했다. 경찰은 라블레를 국사범으로 체포해 파리의 왕궁까지 호송했다. 왕이 직접 죄인을 심문하려고 하자 라블레가 얼른 변장을 지웠다. 왕이 깜짝 놀라자 라블레는 자초지종을 아뢰었다.

"여비가 떨어져서 쇼를 좀 했습니다."

라블레의 말에 왕과 귀족들은 파안대소했다.

지금도 프랑스에서는 재치와 기지가 넘치는 일을 가리켜 '라블레의 15분'이라 한다. '프랑스 소설의 시조', '프랑스 산문의 최고봉' 등 라블레의 이름 앞에는 수사가 많이 붙는다.

라블레는 무엇보다 인간을 경직되게 하는 공식 문화의 기만을 경계했다. 그래서 당연히 당국의 배척을 받으며 힘들게 살아야 했다. 인간의 능력을 무한히 신뢰했던 그는 이렇게 말했다.

"젊은이여! 자, 놀자. 더 유쾌하게 놀자."

Fançois Rabelais

가장 큰소리를 칠 때

우리가 가장 큰소리를 칠 때는, 자신의 무언가를 감추려 할 때다.

- 에릭 호퍼(Eric Hoffer)

인식의 오차는
당연한 일

　인간의 인식은 절대적일 수 없다. 볼테르(Voltaire)는 인식의 상대성에 대해 두꺼비를 예로 들어 말한다. 즉, 두꺼비에게 미의 기준이 무엇이냐 묻는다면 두꺼비는 이렇게 대답할 것이다.

　"납작하고 큰 콧구멍이 아름다운 코이고, 툭 튀어나온 왕방울이 아름다운 눈이며, 입은 귀밑까지 쭉 찢어져 있어야 한다."

　그래서 볼테르는 이런 말도 했다.

　"나는 당신의 의견에는 동의하지 않는다. 그러나 만일 당신이 당신의 의견 때문에 박해받는다면 당신 편에 서서 끝까지 싸우겠다."

　함께 살아온 가족끼리도 생각은 제각각이다. 하물며 성장 과정이 다른 이들에게 똑같은 생각을 기대하는 것 자체가 무리다. 어릴 때는 누구나 같은 경우에 놓이면 견해도 같을 것이라 생각했지만 세월이 흐를수록 천양지차라는 것을 경험하게 된다. 경륜이 있다는 것은 그만큼 사람들 간에 인식의 오차가 존재한다는 것을 이해한다는 말이다.

나와 다르게 인식할 권리를 존중해주는 것이 인간에 대한 예의다. 그 인식이 정말 잘못되었으면 얼마든지 설득할 수 있다. 그러나 많은 부분에서 잘잘못을 따지기 어려운 경우가 발생한다. 그렇기 때문에 내 의견이 옳고 상대의 의견은 왜 그른지를 합리적으로 설명하기가 어렵다.

이럴 때는 화를 내기가 쉽다. 볼테르도 "사람들은 할 말이 없으면 꼭 욕을 한다"고 지적했다. 직접적으로 하는 욕만 욕이 아니다.

"저 눈 좀 봐, 뱀눈 같잖아."

"저 입 좀 봐, 옹고집이 꽉 찼어."

"나이는 어디로 먹었나 몰라."

"거기 출신이라더니 어쩐지……."

이런 식으로 외모나 나이, 출신 등 개인의 노력과는 관계없이 주어진 것들을 비하하는 것은 더 큰 욕이다. 휴머니즘의 가장 기본은 인식의 오차를 긍정해주는 것이다.

자기 논리의 회귀

몇 사람이 모여 낙타를 함께 타고 사막을 건너게 되었다. 한참 지나자 무더위에 지친 낙타가 쓰러지고 말았다. 그들은 어쩔 수 없이 작열하는 태양 아래 휘몰아치는 모래바람을 온몸으로 맞으며 걸어야 했다.

그들은 앞사람의 허리를 잡고 한 치 앞도 안 보이는 모래 폭풍 속을 무작정 걷고 또 걸었다. 한시바삐 오아시스를 찾아야 했다. 그런데 맨 앞에서 걷던 사람이 외쳤다.

"야! 이제 살았다! 여기 오아시스로 가는 사람들의 발자국이 있어!"

그들은 그 자리에 서서 모래에 찍힌 선명한 발자국들을 보고는 서로 붙들고 감격의 눈물을 흘렸다. 방금 전 누군가가 이곳을 지나 먼저 오아시스로 간 것이 틀림없어 보였다.

이제 그들은 발자국을 따라가기만 하면 된다는 생각으로 열심히 걸어갔다. 그런데 걷고 또 걸어도 오아시스는 보이지 않았다. 어느덧 해가 저물자 뜨겁던 사막의 기온이 뚝뚝 떨어지기 시작했다.

그때 뒤에서 말없이 따라오던 사람이 앞선 사람에게 외쳤다.

"이봐, 우린 지금 제자리를 계속 돌고 있어."

그들은 그제야 알아챘다. 모래에 찍힌 자신들의 발자국을 따라 온종일 빙빙 돌았다는 것을. 그들은 크게 낙망한 나머지 그 자리에 털썩 주저앉고 말았다. 좌절감에 사로잡혀 하늘을 바라보니 밝게 빛나는 북극성이 눈에 들어왔다. 그들은 다시 힘을 내서 북극성을 따라 걸었고, 마침내 사막을 빠져나올 수 있었다.

자기 논리에 빠진 사람은 발전은커녕 정체하다가 결국 후퇴하게 된다. 나의 논리에 객관성을 더하려면 외부 논리에 개방적이어야 한다. 그런 노력 가운데 하나가 익숙지 않은 것을 가까이하는 자세다. 즉, 다른 세대의 음악을 들어보고, 나와 다른 진영의 논리도 세심하게 들어본다. 또 평소 즐기는 장르의 책이나 영화도 다른 장르로 바꿔본다.

가끔씩 이렇게만 해주어도 자기 논리 속에 맴도는 위험에서 벗어날 수 있다.

Part 8
—
나로 사는 용기

마음을
조종당하지
말라

자유에는 항상 책임이 따른다. 무엇이든 스스로 하려 해야 하고, 그 결과를 감당할 줄 알아야 한다. 아무래도 받는 자보다는 주는 자가 더 자유롭다. 에라스뮈스에서 시작된 르네상스도 결국은 주체성 회복 운동이며, 이는 곧 자기 삶을 자신이 해결해야 함을 뜻한다.

볼테르는 이런 흐름을 확실하게 서구 근대정신으로 성립시켰다. 볼테르가 살았던 18세기 프랑스는 부조리와 모순이 가득했고, 결국 볼테르에게 영향을 받은 대중에 의한 프랑스혁명으로 무너졌다.

체질적으로 권위에 고분고분하지 않았던 볼테르는 1725년 12월, 어느 사교장에서 한 후작에게 불손한 행동을 했다. 이 때문에 후작의 하인들에게 몰매를 맞았다. 그는 루이 15세를 비난하다가 곤욕을 치른 적도 있었다. 이 두 사건은 볼테르가 자유주의 사상가로 더 깊이 성장하는 계기가 되었다.

귀족과 성직자들은 주요 관직과 대토지까지 차지하고도 세금을 면

제받았으며, 평민은 그 짐을 대신 짊어지고도 아무 권리도 부여받지 못했다. 기득권에 대한 관용, 평민에 대한 불관용이 당시 프랑스 사회의 특징이었다.

볼테르는 그렇게 모순적인 사회 속에서 살며 신을 믿되 조직화된 종교의 신은 거부했다.

"아무 생각 없이 종교를 받아들이는 사람은 멍에를 씌울 때 가만히 있는 황소와 같다."

볼테르가 그의 저서 《광신주의의 무덤》에서 한 말이다.

내 밭은 내가 가꾼다

—

볼테르는 말년에 스위스의 한 시골 마을로 옮겨가서 살았다. 주민이 채 50명도 안 되던 그 작은 마을은 볼테르를 보려고 몰려든 사람들 덕분에 크게 번성했다.

볼테르가 65세에 쓴 철학적 풍자 소설 《캉디드》의 주인공 캉디드는 스승의 가르침대로 "세상은 각기 최선의 모습을 지녔다"는 낙관적 믿음을 지닌 청년이다. 그는 어느 날 영주의 딸과 키스를 하다가 발각되어 남미와 유럽 각지를 떠돌게 된다. 이때 세상의 온갖 부조리한 일들을 목격하고 스승의 낙관적 가르침을 버린다.

그렇다고 비관주의에 빠지지는 않고 현실주의자가 된다. 인간성은 본디 낙관적이지만 인간을 둘러싼 세상이 그렇지 않다는 것이다. 캉디

드는 마지막으로 이런 말을 남긴다.

"이제는 우리의 밭을 우리가 가꾸어 나가야 합니다."

세상에 대해서 지나치게 낙관하거나 비관할 필요는 없다. 그럴 시간에 세상이라는 밭을 스스로 경작하고 가꿔야 한다. 누가 무엇을 해줄 것이라는 기대는 주체성을 스스로 약화시킨다.

우리 모두는 어렸을 때 부모님의 손을 잡거나 벽에 기대어 서다가 어느 날 두 발로 대지를 디디고 홀로 섰을 때의 기분을 알고 있다. 내 삶을 내가 책임지고, 더 나아가 조금이라도 다른 이에게 도움이 된다고 느낄 때처럼 행복할 때가 있을까.

인간의
유일한 의무는
행복하게 사는 것

18세기의 가장 혁명적 사건으로 평가받는 《백과전서》는 단순히 용어나 개념의 설명서가 아니었다. 그것은 자유로운 통찰력을 주는 책이었다. 이 책의 대표 저자가 디드로(Denis Diderot)이다. 그가 볼테르, 루소 등을 모아 함께 이 책을 만들 때 세운 원칙이 있다.

　진리는 권위자에 의해 주어지는 것이 아니라

　스스로 찾고 확립하는 것이다.

그래서 이 《백과전서》는 일관성을 추구하지 않고 다른 학설과 모순된 견해를 그대로 실었다.

디드로는 가톨릭 집안의 장남으로 태어나 신부의 길이 예정되어 있었지만 이를 거부하고 방랑자가 되었다. 그는 생계를 위해 번역, 가정교사, 점원 등을 하면서도 스스로 학습하며 방대한 지식을 쌓았다. 그 결과 철학자이면서 문인으로도 명성을 얻었고 현대소설 기법의 선구자가 되었다.

디드로는 완전한 무신론자로 그의 저작들 속에서는 신이 자연으로 대체된다. 자연에 존재하는 모든 것은 자연 밖으로 나갈 수도 없고 자연을 배반할 수도 없다는 것이다.

유물론자인 디드로의 행복관은 분명했다.

인간에게 단 하나의 의무만 존재한다면,
행복하게 사는 것이다.

그가 유신론을 증오했던 이유도 신의 이름으로 교리를 강요할 수밖에 없기 때문이다.

진짜 쾌락

여럿이 함께 여행을 떠났는데, 누구는 그 여행이 의미 깊었고 다른 누구는 실망스러웠다. 이러한 반응은 같은 책, 같은 영화를 보아도 마찬가지로 나타난다. 그 차이가 뭘까?

그것은 그가 어떤 사람인가, 무엇을 갈망하고 동경하느냐에 달려 있다. 갈망의 방향과 내용이 존재의 특징을 결정짓는다. 현대에 더 주목을 받는 스피노자(Baruch de Spinoza)에 따르면 돈과 명예와 쾌락, 이 세 가지에 너무 집중하는 사람은 더 좋은 다른 것을 생각하지 못한다.

그는 평생 독신으로 살면서 안경점을 운영했지만 정신세계만은 세상 누구보다 풍요로웠다. 사람이 세상을 살다 보면 돈도 자극도 필요하지만 지나치면 그것의 노예가 된다. 어떤 자극에 중독되면 더 강렬한 자극을 찾게 되고, 그러다가 사디스트가 되고 마조히스트가 된다.

그래서 스피노자는 쾌락을 아예 새롭게 '더 높은 적확성을 알아가는 정열'로 정의했다.

공자도 "학이시습지(學而時習之)면 불역열호(不亦說乎)아"라 했다. 이는 "배우고 때에 맞춰 익히면 또한 기쁘지 아니한가"로 풀이된다. 한 마디로 '지성의 개발'이 쾌락을 즐기는 과정이라는 것이다. 이렇게 되면 쾌락은 '더 높은 적확성을 알아가는 정열'이며, 고통은 그 반대다.

육체적인 쾌락이 차츰 종속되어가면 지적인 쾌락은 점차 독립적이 된다. 즉, 관념의 적확성이 커지는 만큼 독립성도 커진다. 세계로부터의 독립성이 곧 인간의 미덕(virtue)이다. 수학과 철학의 사유처럼 어떤 사건이나 우주의 질서를 연쇄적으로 정확히 알고 있다면 그만큼 능동적으로 행동할 수 있다.

스스로 만족할 수 있는가

♣

내 손에 아무것도 없어도, 텅 빈 공간이어도 편안할 수 있는가. 그럴 수 있다. 세상에서 가장 좋은 친구는 바로 자기 자신이기 때문이다.

초창기 인간 심리학의 기준이 열등감과 우월감이었다면 이제는 자족감의 정도로 바뀌었다. 자족감이 낮을수록 두려움의 자아가 되어 자신은 물론 타인에게도 상처를 준다. 늘 외부로부터 찬사를 기대하고, 기대에 못 미치면 화가 난다. 그러나 자기 가치를 존중하는 자족감이 높을수록 마음의 여유가 생겨 자신은 물론 타인도 돌볼 수가 있다.

스피노자는 자족감이 높은 자아를 '신성한 자아'라 했다. 신성한 자아는 언제 자라날까? 전지적 시점, 즉 신의 관점에서 사물을 직관할 때부터다. 물론 자아가 신이라는 것도 전지하다는 것도 아니다.

스피노자는 특히 자아를 '개인적 주관'의 관점이 아니라 '무관심하고 순수한 자유자'의 관점으로 이해한다. 인과(因果)의 연쇄 고리에 의해 결정되는 필연(必然)의 세계인데, 이 필연을 아는 것이 가치의 최고 이상이라는 것이다.

이는 불교의 열반(涅槃), 즉 번뇌의 불이 꺼진 무아지경과 비슷하다. 그렇다고 열반이 궁극의 목적이 아니듯 자족감 또한 목적이 아닌 새로운 출발이다.

감정에 휘둘리지 않는 법

♣

조금만 더 참을 것을……

자꾸 반복되는 이런 후회를 줄일 수는 없을까?

화내는 것도 습관이다. 작은 화를 자주 내다 보면 큰 화도 쉽게 낸다. 화만 내지 않았어도 그냥 지나갔을 일을 큰 사건으로 만들어버리는 경우가 많다.

지나고 보면 사소한 일인데 별생각 없이 부풀려서 위기로 만들 필요가 있을까? 화내는 성향 때문에 건설적으로 해소할 수 있는 기회를 얼마나 많이 놓쳤는가? 단순한 일을 얼마나 자주 위기로 바꾸었는가? 과연 그 일로 어떤 이익을 얻었는가?

화가 날 때마다 잠깐 숨을 고르고 자문해보라.

"또 이 일을 큰 사건으로 만들려는가?"

"화내는 것과 여유를 가지는 것, 둘 가운데 어느 쪽이 더 유용할까?"

그러면 사건에 휘말릴 자신의 감정을 객관화할 수 있다.

또한 이렇게 자문자답을 해볼 수도 있다.

"선(善)이란 무엇인가?"

"유용한 것."

"그럼 악은 무엇인가?"

"선에 참여하지 못하게 방해하는 것."

우리의 본성에 가장 유용한 삶이 선이고, 이와 반대되는 삶이 악이다. 악하다고 해서 하늘이 징벌하는 것은 아니다. 하지만 악은 본성과 대립되기 때문에 절망으로 내닫린다. 그래서 악을 피해야 하는 것이다.

지나친 화는 결코 자신에게 유익하지 않다. 물론 때로는 전략적으로 화를 낼 수도 있고, 정말 화를 내야만 하는 경우도 있다. 이런 경우를 제외하고 분노는 누구에게도 도움이 되지 않는다.

어떤 감정에 휘둘리는 것은 그 감정을 이해하지 못했을 때다. 무슨 감정이든 자신이 그것을 인식하면 그 감정은 자신의 통제 안에 들어온다.

당신의
단점을
알려드립니다

　당신이 싫어하는 사람을 떠올려보라. 그리고 왜 그를 싫어하는지 이유를 세 가지로 정리해보라.

　인정하고 싶진 않겠지만 어쩌면 그 이유가 당신 내면의 모습이다. 이것이 심리적 투사(投射)다. 당신 속에 억누르고 있는 욕구나 단점을 드러내놓는 상대가 싫은 것이다. "강한 부정은 강한 긍정"이라는 말처럼 증오가 강할수록 당신 내면의 어떤 콤플렉스가 강하다는 증거일 수 있다.

　누군가를 판단하고 비난하고 싶을 때는 잠깐만 멈추고 자기 내면을 들여다보라. 차츰 더 성숙해지는 자신을 발견하게 될 것이다.

● 이상적인 삶

오늘도 한강은 유유히 흐른다.

이미 삼국시대에 한강 유역을 차지하기 위해 치열하게 다투었다. 그 이전 고조선시대에도 북방에 소요가 일어나면 동이족이 한강 이남으로 집단이주를 하곤 했다. 지금의 한강이 형성된 것은 아마 빙하기가 끝난 1만 년 전쯤일 것이다.

노자(老子)는 상선약수(上善若水)라 하여 흐르는 강물에서 이상적인 삶의 모습을 보았다.

누가 물처럼 사는가? 과거에 매이지 않는 사람들이다. 물이 흘러가는 길이 어찌 평평하기만 하겠는가. 기암괴석도 있고 쓰레기도 있고 언덕도 있어 돌고 돌아서 가야 한다.

노자가 물을 이상적 삶으로 본 것은 물이 어떤 장애를 만나도 그 본질인 유연함을 잃지 않기 때문이다. 물은 온갖 장애를 지나 대해로 가서도 유연성을 그대로 간직한다.

● 자 책 감 과 죄 책 감 이 라 는 몽 둥 이

사람의 과거는 온갖 자국이 가득한 물통과 같다. 좋은 자국도 있지만 쉽게 꺼내기 어려운 고통스러운 자국도 많다.

자책감과 죄책감이라는 몽둥이로 그대의 물통을 휘젓지 말라. 그렇게 하면 가라앉아 있던 상처들만 올라올 뿐이다.

과거라는 물통을 그대로 놓아두면 물이 맑아지면서 오물이 아래로 가라앉아 오늘의 내 삶을 더 이상 더럽히지 못한다. 그때 가라앉은 것을 잘 보고 정리해주면 된다. 버릴 것은 버리고 교훈 삼을 것은 교훈으로 분류한다.

그때 그 일엔 이런 의미가 있었구나, 예전의 큰 실수를 반복하지 않으려면 이렇게 하면 되겠구나…….

이것이 과거로부터 오늘의 지혜를 배우는 방법이다.

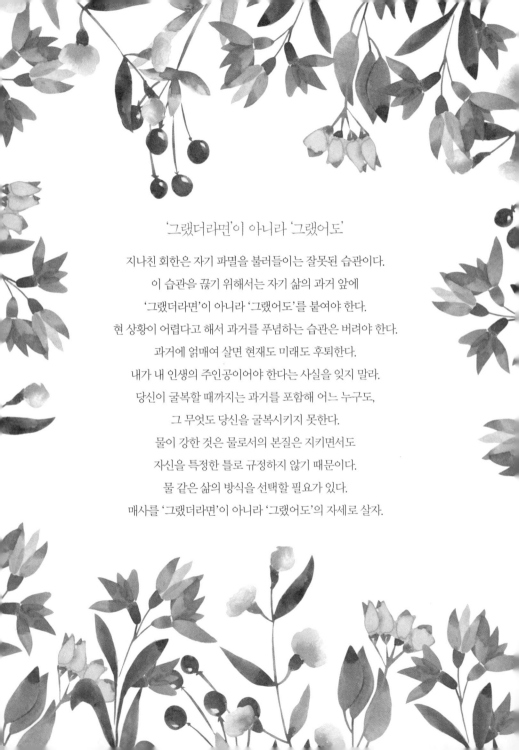

'그랬더라면'이 아니라 '그랬어도'

지나친 회한은 자기 파멸을 불러들이는 잘못된 습관이다.
이 습관을 끊기 위해서는 자기 삶의 과거 앞에
'그랬더라면'이 아니라 '그랬어도'를 붙여야 한다.
현 상황이 어렵다고 해서 과거를 푸념하는 습관은 버려야 한다.
과거에 얽매여 살면 현재도 미래도 후퇴한다.
내가 내 인생의 주인공이어야 한다는 사실을 잊지 말라.
당신이 굴복할 때까지는 과거를 포함해 어느 누구도,
그 무엇도 당신을 굴복시키지 못한다.
물이 강한 것은 물로서의 본질은 지키면서도
자신을 특정한 틀로 규정하지 않기 때문이다.
물 같은 삶의 방식을 선택할 필요가 있다.
매사를 '그랬더라면'이 아니라 '그랬어도'의 자세로 살자.

유럽인이 꼽는
지나치면 안 되는 세 가지

• • •

유럽에서는 지나치면 안 되는 세 가지로 소금, 이스트, 망설임을 꼽는다. 소금과 이스트가 건강과 관련된 것이라면 망설임은 심리적인 것이다. 매사에 주저주저하다가 좋은 기회를 놓치는 사람들이 어디 한둘이겠는가? 무모해서 실패하는 경우도 많지만 망설이다가 실패한 경우가 훨씬 많다.

거북은 해변 백사장에 알을 낳는다. 그곳에서 부화한 새끼 거북들은 바다를 향해 망설이지 않고 돌진한다. 맹금류(猛禽類)들이 습격을 해도 파란 물결 넘실거리는 바다로 온 힘을 다해 나아간다.

그 과정에서 수없이 희생을 당하지만, 그래도 결코 멈추지 않는다. 이처럼 새끼 거북들이 어떤 난관에도 굴하지 않고 꿋꿋이 바다로 나아가기 때문에 거북은 종족을 보존할 수 있는 것이다.

처음 해보는 일이라 조심하는 것까지는 이해할 수 있다. 그러나 실패의 경험 때문에 새로운 시도를 꺼린다면 미래의 비전이 과거의 트라우마에 묶여 있는 꼴이다. 과거의 실패 경험에 휘둘려 머뭇거릴수록 미래의 열린 기회는 하나씩 사라진다.

과거의 주인과
현재의 주인

사실 지나온 세월을 완벽하게 산 사람은 아무도 없다. "그때 이렇게 했더라면 좋았을걸" 하고 푸념해보지 않은 사람이 어디 있겠는가.

우리 눈이 미래를 보지 않고 과거를 향하면 희망 대신 회한을 품게 된다. 심지어 자녀에게 "네가 없었더라면 난 박사 학위를 받고 대학 교수가 되었을 텐데" 하고 말하는 사람도 보았다.

사람인 이상 푸념을 전혀 안 하고 살 수는 없지만, 푸념이 정도를 넘어서면 만성불만증이 된다. 그렇게 되면 듣는 사람도 짜증이 나고 본인도 늘 짜증 섞인 모습을 하고 다니게 된다. 과거는 과거, 현재는 현재, 미래는 미래라는 자세로 살아야 한다. 털 것을 털지 못해 먼지 구덩이에서 사는 사람들이 많다. 털어낼 것은 빨리 털어내야 필요한 비전을 선택하고 집중할 수 있다.

과거에 대한 지나친 죄책감이나 자책감은 이미 엎질러져 땅에 스며든 우유를 모아보려는 것과 같다. 현재의 주인은 과거를 해석할 권리를 가진 사람이다. 자신의 과거를 보듬고 이해하며 정리할 것은 정리할 때 비로소 내가 내 인생의 주인공이 될 수 있다.

과거에 대한 후회는 사람의 신경이 쇠약해지는 이유 가운데 하나다.

"왜 나는 그때 좀 더 성실하지 못했을까?"

"왜 나는 그때 사장에게 막말을 하고 사무실을 뛰쳐나왔을까?"

"왜 나는 그때 유능한 파트너에게 좀 더 친절하지 못했을까?"

이러한 과거 회상은 '했더라면' 식의 자책을 유도한다. 이런 자책은 내 신경을 건드려 스스로를 더 약하게 만들 뿐이다.

과거의 실책은 오늘 그것을 되풀이하지 않기 위한 교훈 이상의 의미가 없다. 과거를 끄집어내서 신세 한탄이나 하는 것은 백해무익한 일이다.

사는 방법을 배우는 것이 철학

누가 사기를 잘 당하는가. 명예를 얻고자 하나 쉽게 얻지 못해서 안달이 나 있는 사람이다. 세계에는 배후란 없고 오직 표면만 존재하는데, 그 표면은 끊임없이 변화하고 생성하는 존재로 충만해 있다. 이러한 내적 필연에 의해 개체가 존재한다. 생성하는 힘, 그것만이 덕이며 자유이고 행복이다.

그래서 자유인은 기적, 희망, 좌절, 미신 등에 영향을 받지 않으면서도 투기, 미움, 경멸 등 부정적 감정도 회피한다. '나는 그것을 할 수 없다'는 생각을 벗어나고자 하는 다짐이며, 그것이 실행되지 않게 하는 것이다.

다른 사람의 행동을 비웃거나 싫어하지 말라. 그냥 이해하려고만 하라. 철학이란 사는 방법을 배우는 것이다.

- 바뤼흐 스피노자(Baruch de Spinoza)

양보만 한다는 것은

순진과 정의가 함께 가야 공의를 이룰 수 있다. 순진한 것이 바람직하긴 하지만, 그렇다고 가해자를 방치해서도 안 된다. 실수가 아니라 고의로 일으킨 부당한 문제에 대해서는 정확히 밝혀야 한다. 그래야 반복되지 않는다.

영국 수상 챔벌레인은 순진하게도 독일의 히틀러에게 속아 많은 원조를 해주고도 결국 독일로부터 침공을 당했다. 챔벌레인의 뒤를 이어 영국 수상이 된 처칠은 이렇게 말했다.

"양보만 한다는 것은 자신을 잡아먹으려고 하는 악어를 먹이 주며 키우는 사람과 같다."

무기력을 극복하는 법

행복의 조건이 따로 있을까? 있다면 어떤 것일까?

아무래도 소유라고 여기는 사람들이 많다. 그러나 행복이란 목적지가 아니다. 순간순간이 모여 오늘이 되고, 오늘이 모여 내일이 된다. 지금 이 순간 행복하지 않으면 내일의 행복도 없다.

현재가 아닌 과거도 미래도 사실은 모두 환상 속에 있다. 커피를 마시고 있는 지금 이 순간, 음악을 듣는 지금 이 순간, 숨 쉬고 있는 이 순간만이 현존하는 것이다.

인간이기에 과거도 추억하고 미래도 소망한다. 또 그 연속선상 위에 현재가 있는 것은 틀림없다. 하지만 추억이든 소망이든 그것에 너무 집착하면 환상의 노예가 된다. 숲속에 앉아서도 마음이 콩밭에 가 있는 비둘기는 숲에서의 즐거움을 충분히 누리지 못한다.

지금 이 순간을 즐길 수 있다면 어떤 무기력도 사라진다. 지금 이 순간에 집중한다면 무기력뿐 아니라 그 어떤 것도 끼어들지 못한다.

자아가 빈약할수록 권위적이다

세상에 영원한 내 소유가 있을까? 자식은 물론 내 몸도 내 소유가 아니라 잠시 빌려 쓰는 것뿐이다. 그래서 소유로 자기를 과시할수록 자아가 빈약해진다.

그와 마찬가지로 우리는 누구의 종속물이 아니다. 사회구조상 일시적으로 상하 관계가 형성될 수는 있지만, 이 일시적 관계를 본질적 관계로 착각할 때 인격 모독이 발생한다.

우주의 기본은 위아래가 없다는 것이다. 우주의 한 행성인 지구 안에서 일시적 위계질서를 절대적인 것으로 고정시키려 하면 할수록 그 사람의 자아는 상상 이상의 부담을 안게 된다.

그런데도 주종 관계를 강요하는 자들이 바로 독재자들이다. 그들은 자아가 빈약해져서 스스로 생을 마감하는 경우가 많다. 루이 14세는 "짐이 곧 국가다"라는 태도로 일관하다가 프랑스혁명의 도화선이 되었다. 그 결과 절대왕정 체제의 붕괴를 가져왔다.

존 재 론 적
여 백 을 즐 기 기

사람들은 제각기 생각을 하고,

그중의 어떤 생각은 보물처럼 귀하게 여긴다.

바로 그 생각에도 빈구석이 있다. 이것이 인간의 '존재론적 여백'이다.

이 빈구석을 인정하지 않을 때 사색의 여지가 사라지고 맹신에 빠지게 된다.

그렇게 될수록 어떤 생각의 완결성을 강고히 주장하게 되고,

결국 정신적 붕괴를 경험할 가능성도 높아진다.

세상의 끔찍한 일들은 사색의 여지를 갖지 못한 사람들이 일으킨다.

사색의 여지가 없으면 자신의 행동이 어떤 여파를 일으킬지 가늠하지도 못한다.

그래, 한 박자 느리면 어때

잠시 생각을 비우고 존재론적 여백을 확인하는 일,

곧 사색의 여지를 확보하는 것이 명상이다. 명상과 집중은 다르다.

집중이 어떤 사안에 온통 주의를 기울이는 것이라면

그런 주의조차 버리는 것이 명상이다.

그러면 보이는 것, 생각되는 것에 덧씌운 의견이 사라지고

세상을 있는 그대로 관조할 수 있게 된다.

이것이 범아일여(梵我一如)이며, 해탈의 경지다.

미련 둘 필요 없다

●

삶의 이유는 무엇인가? 삶을 즐기는 것이다. 그렇다면 지금 이 순간, 순간을 소중히 여기고 음미하라. 꼭 무엇이 있어야만 삶을 즐길 수 있다는 생각도 버려야 한다.

장자(莊子)는 무엇을 더 가지면 도리어 그만큼 삶을 즐기는 데 방해가 된다고 보았다. 그래서 삶을 즐기는 데 방해가 되면 아무리 대단한 것이라도 미련 없이 버렸다.

그런 장자의 눈에 큰 부자들은 가진 재물을 다 쓰지도 못하면서 족한 줄 모르는 어리석은 사람들로만 보였다. 그것은 권력자도 마찬가지였다.

한번은 초나라의 중신들이 낚시를 하는 장자를 찾아와 말했다.

"선생님, 초나라의 승상이 되어주십시오. 왕께서 선생님의 지도를 받고자 하십니다."

장자는 낚싯대를 응시한 채 물었다.

"초나라에는 3천 년 묵은 거북이 있다면서요? 왕이 그 거북을 잡아 비단보에 싸고 고급 상자에 넣어서 매일 정중하게 제사를 올린다고 들었소. 그 거북이 진흙탕 속을 헤엄치고 다니는 것이 낫겠소, 저렇게 죽어서 왕에게 제사를 받는 것이 낫겠소?"

중신들이 대답했다.

"그야 살아 있는 게 백번 낫겠죠."

장자는 단호하게 말했다.

"그렇소. 나도 흙탕물 속에서 헤엄치며 살고 싶으니 이제 그만 돌아가시오."

장자는 제자들에게도 "인생에 낙(樂) 외에 다른 특별한 목적은 없다"고 가르쳤다.

> 참으로 인생을 즐기는 사람은 자기가 무엇인지,
> 성공이 무엇인지, 명예가 무엇인지를 모른다.
> (至人無己, 神人無功, 聖人無名)

장자의 이 말은 자기와 성공과 명예를 어떤 틀로 규정해놓지 말라는 뜻이다.

Part 9
—
나만의 삶

학의 목이
길 다 고
자르지 말라

학의 목이 길다고 억지로 눌러 줄이거나, 오리발이 짧다고 잡아당겨 늘이려 하면 오히려 제구실을 못하고 죽고 만다.

칭찬이나 비판에 예민하면 본래의 자기 모습에 자신이 없어진다. 그것에 조종당하지 않으려면 현재의 내 모습 그대로를 믿어야 한다. 적어도 현재로서는 내 모습 이대로가 옳고 선한 것이다. 누구도 알 수 없는 나만의 삶이 있지 않은가.

이것은 독선적인 사람이 되라는 말이 아니다. 사람들의 칭찬과 비난에 내 삶의 깊이를 조종당할 필요가 없다는 뜻이다.

여름 벌레가 겨울을 알 수 없고 하루살이가 낮과 밤을 분별할 수 없는 법이다. 내 모습에 저항하기보다는 있는 그대로 받아들이는 것이 자유인이다.

돈을 얼마나 벌어야 할까

—

아직 젊다면 미래를 위해 투자해야 하겠지만, 어느 정도 나이가 찼고 벌어놓은 돈도 어느 정도 있다면 더 소유하려고 무리할 필요가 없다. 평균수명과 기대수명을 참고해 그때까지 쓸 만큼 있다면 적당하지 않을까.

예순 중반의 출판사 사장이 있다. 예금과 적금, 보험과 부동산 등 평생 쓸 돈을 충분히 모았다. "그런데 무슨 돈을 더 벌겠다고 계속 책을 내느냐"고 물으니, "이제야 돈에 연연하지 않고 덜 팔리더라도 소장 가치가 있는 책들을 내보려고 한다"는 답이 돌아왔다.

설령 기대수명이 120세라 해도 80세가 넘어 노환이 깊어지면 사실 돈이 많거나 적거나 별 차이가 없다. 인생이란 죽고 나면 그만인데 억지로 아껴가면서까지 살 필요는 없다. 의미 있고 가치 있는 일에 돈을 쓰며 살아야 죽은 뒤에도 그 자취가 향기롭다.

장자가 말하는
'자유인'

삶을 긍정하는 '생의 철학자' 들뢰즈(Gilles Deleuze)는 1995년 스스로 생을 마쳤다. 노환으로 누워 지내다가 어느 날 겨우 움직일 수 있을 때 창가로 가서 뛰어내린 것이다.

그것은 끝까지 자기 삶의 주인으로 남고 싶은 의지의 존엄한 표현이었다. 피치 못할 죽음이 임박했을 때, 전적으로 남에게 의지하다가 생을 마쳐야만 하는 상황일 때 들뢰즈의 선택은 자포자기가 아니었다. 오히려 선택의 자유를 선언한 행위였다.

이런 자유인을 장자는 대붕(大鵬)에 비유했다. 한 번 바닷물을 박차고 일어나면 회오리가 일고, 구만리장천 하늘가에 날개를 드리우며 남쪽 바다로 유유히 날아간다는 대붕.

그와 같은 자유인을 지인(至人) 또는 신인(神人)이라고도 한다. 이들은 삶을 소요(逍遙)한다. 유유자적(悠悠自適)한다는 말이다.

허유(許由)는 요임금이 천하를 주겠다며 신하를 보내오자 이렇게 거절한다.

"뱁새가 깊은 숲속에 둥지를 튼다 해도 나뭇가지 하나면 족하고, 두더지가 강물을 마신다 한들 제 배 하나 채우면 그만이오."

뱁새는 둥지 하나로도 충분히 만족한다. 더 크면 번거로울 뿐이고 사냥꾼의 표적이 되기 십상이다. 또 장강(長江) 변에 사는 두더지도 한 수저 정도의 물이면 충분하다.

내 필요를 채우는 것 이상을 욕심내지 않는 사람들이 장자가 말한 자유인, 즉 신인이다. 장자는 신인을 이렇게 묘사했다.

꽃피고 새들이 노래하는 봄날,

그윽한 풍경과 하나 되어 거닐 줄 아는 사람들이다.

자기 수양의 기본은
지적 통찰력

몸은 운동으로 단단해지고 뇌는 학습으로 풍성해진다. 무엇을 먹느냐에 따라 건강이 좌우되듯 무엇을 읽고 보느냐에 따라 정신세계가 달라진다. 특히 사물과 사회의 작동 원리를 알고 나면 고뇌는 줄고 인생이 좀 더 풍요로워진다.

지적 통찰력은 사물의 원인과 결과를 깊이 생각하는 데서 나온다. 이를 몰랐던 원시인들은 번개가 치면 하늘의 진노라고 두려워했고, 지진이 나면 말세의 징조라며 신에게 더 많은 희생 제물을 드렸다.

원인과 결과의 고리를 생각하는 사람은 번개, 장마, 가뭄, 토네이도 등을 만날 때 과학적 요소로 파악하며 어떤 노력을 기울여야 할지를 모색한다. 이것이 유가의 '격물치지 성의정심(格物致知 誠意正心)'이다. 사물의 이치를 연구하고 파고들어 이해에 도달하는 것이 격물치지다. 이를 통해서 자신의 몸과 마음을 올바로 닦을 수 있다.

지적 만족감 ─────

　사람이 순진하고 너그러운데 지적 통찰력이 부족하면 남에게 이용 당하기 쉽다. 다음은 《논어(論語)》에 나오는 공자(孔子)와 제자 자로(子路)의 문답이다.

　　"자로야, 여섯 가지 폐단을 아느냐?"
　　자로가 대답을 머뭇거리자 공자가 말했다.
　　"첫째, 인은 있으나 배우기를 게을리하면 어리석게 된다.
　　둘째, 지혜를 좋아하나 배우기를 싫어하면 방탕하게 된다.
　　셋째, 믿음은 좋으나 배우기를 꺼리면 남에게 해를 끼치게 된다.
　　넷째, 올바른 것을 좋아하면서 배우기를 멀리하면 남의 목을 조르는 가혹한 사람이 된다.
　　다섯째, 용감하나 배우지 않으면 난봉꾼이 된다.
　　여섯째, 강직하나 배우지 않으면 사나운 사람이 된다."

자신을 갈고 닦는 지적 통찰력은 자신에게 항구적인 만족감을 줄 뿐
아니라 다음과 같은 일도 일어난다.

첫째, 자신감이 생겨 미신이나 종교에 미혹되지 않는다.

둘째, 일이 일어난 뒤 어떻게 전개될지 합리적으로 예측할
수 있다.

셋째, 상황을 파악할 수 있으면 그에 맞춰 긴장하지 않고
도 충분히 대응해 나갈 수 있다.

'자기주도학습' 학교의
동문들

교육을 형식 교육과 비형식 교육으로 나누는데, 학교 교육은 대체로 형식 교육에 속한다. 또한 교육의 방식에는 은행 저축식과 문제 해결식이 있는데, 암기 위주의 학교 교육은 대부분 은행 저축식이다. 반면 자기주도적 학습은 곧 문제 해결식 교육이다.

우리의 머릿속에는 교육에서 학교의 역할이 절대적이라는 생각이 자리 잡고 있는데, 사실은 그렇지 않다. 근대 학교 교육은 17세기 유럽에서 시작되었고, 그 이전에는 대부분 도제(徒弟) 교육이거나 자연과 가정에서 이루어졌다. 그런 가운데 서양에서는 소크라테스, 플라톤, 아리스토텔레스, 피타고라스가 나왔고 동양에서는 공자, 노자, 석가 등이 나왔다.

통장에 저축하듯 주입식으로 교육하는 것이 은행 저축식이라면 문제 해결식 교육은 학습자 스스로 과제를 설정하고 풀어간다. 물고기를 잡아주는 게 아니라 스스로 잡게 하는 것이다.

학 습 은 원 시 적 방 식 이 최 고

모든 유기체는 문제 해결 방식으로 자신에게 적합한 생존 방식을 익힌다. 인간도 원시사회부터 학교나 성당 등 형식적 교육이 나오기 전까지는 오로지 문제 해결 방식으로만 사고하고 학습해왔다. 근래 들어서는 사교육 등이 기승을 부리면서 은행 저축식 교육이 거의 전부일 정도가 되었다. 이런 교육은 인간을 암기 기계로 만든다.

별다른 지식도 기술도 없고, 스승도 별로 없던 원시사회에서는 누구나 스스로 배우고 깨우쳐야 했다. 근현대인은 이 시대를 어두운 사회라고 보았다. 이런 편견을 깬 사람이 인류학의 거장인 클로드 레비스트로스(Claude Levi-Strauss)다.

레비스트로스는 아마존 원시부족을 연구해서 그 기록을 《슬픈 열대》로 남겼다. 그는 루소적인 동경을 품고 아마존 원시부족을 찾아갔다. 그런데 그들은 원시부족의 모습이 아니라 서구문명에 어설프게 물들어 있는 모습이었다.

레비스트로스는 그런 슬픈 현실을 확인한 뒤 본래적 원시사회의 정서야말로 인류가 되찾아야 할 오래된 미래라는 것을 확신한다. 원시인들은 100여 명 내외의 소규모 공동체로서 아직 권력 관계가 발생하지 않아 만장일치로 결정을 내렸다. 서로 따뜻하게 대했고, 소유 개념도 없었으며, 말라리아 등 전염병이나 다른 질병도 거의 없었다. 하루의 노동 시간은 한나절 이상을 넘지 않았고, 나머지 시간은 놀이와 의례, 예술 활동 등을 하며 보냈다. 그들은 사람은 물론 자연의 목소리에도 귀 기울이며 조화로운 삶을 살았다.

루소(Jean Jacques Rousseau)는 자연 상태가 곧 덕이기 때문에 악이 생길 여지가 없다고 보았다. 이 자연에 울타리를 치면서 주인과 노예, 약탈이 생겨났다는 것이다. 그래서 그는 아이들을 자연스럽게 놓아두라고, 관습과 규칙 등에서 풀어놓으라고 말한다.

어떤 일이든 강요하지 말라

내가 좋아하는 일이든 싫어하는 일이든 누구에게 강요하지 말라. 물론 내가 해보니 정말 좋더라고 가까운 이에게 권할 수는 있다. 하지만 그것으로 그쳐야지 "너도 나처럼 해야 한다"고 못 박아서는 안 된다.

동양사상의 두 축인 유가와 도가는 똑같이 너그러움, 즉 인(仁)을 중시한다. 하지만 인을 성취해가는 과정은 대조적이다. 도가는 인위적 노력보다 자연과 순리에 따라 사는 것 자체를 인으로 보지만, 유가는 적극적 행동으로 인을 실천하려 한다.

유가는 인위적인 노력을 강조하면서도 의에 밝은 인을 추구하지 이익에 치우친 인을 추구하지는 않는다는 점에서 도가와 공통점이 있다. 그래서 유가는 위선을 반대한다.

> 말을 교묘하게 하고 얼굴색을 꾸미는 사람 중에는
>
> 인한 사람이 드물다.
>
> (巧言令色 鮮矣仁)

왜 말을 교묘하게 하고 얼굴색을 꾸밀까? 그래야 상대의 환심을 하고 내 의도대로 움직일 수 있기 때문이다.

도교의 자연스러운 본성으로서의 인자함은 유교의 실천하는 너그러움으로 발전한다. 인간의 본성에 자연스러운 너그러움이 있다는 점이 중요하다. 이 본성 때문에 인간은 다른 이를 내 뜻대로만 움직이거나 내가 다른 사람의 뜻대로만 움직이는 것을 거부한다. 그래야 각자의 인생에서 성실하게 자기의 삶을 성취해 나갈 수 있기 때문이다.

쓸모없는 것의 쓸모

～～～

하루는 장자가 산길을 걷다가 아름드리나무를 보았다.

"야, 저 나무는 참 웅장하구나! 몇 십 명이 가지에 걸터앉아도 끄떡없겠어."

그렇게 감탄하고 있는데, 마침 나무꾼들이 다른 나무를 베고 있었다.

장자는 이 큰 나무 하나만 베어도 될 것을

왜 다른 나무를 베는지 궁금해서 물었다.

"왜 이 큰 나무는 베지 않소?"

"이 나무는 옹이가 많이 박혀 쓸모가 없습니다.

보세요, 나무가 구부러져서 베어 가도 쓸모가 없어요.

곧게 뻗은 나무라야 집 지을 때 기둥으로 쓰죠."

그 말을 듣는 순간, 장자는 큰 깨달음을 얻었다.

사람은 쓸모 있음을 잘 알면서도

쓸모없기 때문에 쓸모 있음은 잘 알지 못한다.

(人皆知有用之用, 而莫知無用之用也)

계급장에서 자유로워지기

인간 본성의 너그러움을 실천해가는 것이 유가의 충서(忠恕)이다. 온 마음과 온 정성을 다해 남을 돕는 것이 충(忠), 내가 싫어하는 짓을 다른 사람에 하지 않는 것이 서(恕)다.

자공(子貢)이 공자에게 '종일 실천할 일'을 묻자 공자는 '기소불욕 물시어인(己所不欲 勿施於人)'이라 했다. 이는 "네가 하고 싶지 않은 일을 남에게 요구하지 말라"는 뜻이다. 이렇게 인을 터득하면 우환이 없다는 것이다.

맹자는 공자의 인을 '남의 아픔을 차마 보지 못하는 동정심의 발로'라고 보았다. 그는 '인개유불인지심(人皆有不忍之心)'이라 했는데, 이는 "사람에게는 모두 차마 그럴 수 없는 마음이 있다"는 뜻이다.

차마 그럴 수 없는 마음은 강요하지 않는 것이다. 본래적 인은 스승이니까, 세자니까, 부모니까, 자식이니까, 사장이니까, 직원이니까 이러이러해야 한다는 고정된 역할로부터도 자유롭다. 이처럼 인은 포괄하는 범위가 워낙 넓어 이를 보완하기 위해 의·예·지·신(義·禮·智·信)의 덕목이 추가될 수밖에 없었다.

여하튼 인간은 각자 자기 성향대로 살아간다. 그리고 그러한 성향을 누구의 마음대로 판단 받지 않을 자유가 있다.

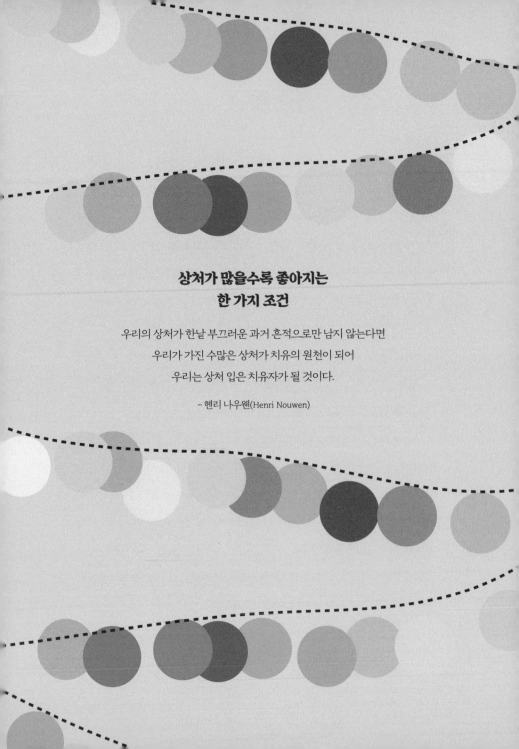

상처가 많을수록 좋아지는
한 가지 조건

우리의 상처가 한낱 부끄러운 과거 흔적으로만 남지 않는다면
우리가 가진 수많은 상처가 치유의 원천이 되어
우리는 상처 입은 치유자가 될 것이다.

– 헨리 나우웬(Henri Nouwen)

인생은 여러 개의 체험

단 하나의 체험으로 자신을 규정하지 말라. 그 체험을 최대 희극이라 여긴다면 나머지는 그 체험에 비해 비극이 될 것이다. 또한 자신이 단 하나의 체험으로 설정한 것이 비극이라면 나머지 체험도 그 비극에 종속된다.

이 세상 어디에도 유토피아가 없듯이 내 인생에서 유일한 것으로 규정할 어떤 체험도 존재하지 않는다. 인생에 중요한 전환점이 있는 것은 사실이지만, 그것도 어떤 계기일 뿐이므로 그것에 집착할 필요는 없다.

세상에는 모든 것이 완벽히 충족되는 유토피아란 없다. 이상과 현실은 다르다. 일시적으로 이상적일 수는 있으나 시간이 흐르면 기대와 실망이 혼재되어 나타나기 시작한다. 이상적인 부, 이상적인 국가, 이상적인 식상 같은 것은 세상에 없다.

하나의 체험에만 집착하는 것이 강박관념이다. 어떤 강박이든 정도의 차이가 있을 뿐 인생을 황폐하게 만들기는 마찬가지다. 변화를 인생으로 받아들이면 목적 지향이 아니라 과정 지향의 삶을 살게 된다. 그럴 때 더 이상 낡은 틀에 얽매이지 않고 내가 변화를 주도할 수 있다.

성공은
순간의
집합일 뿐

톨스토이(Lev Nikolayevich Tolstoy)의 단편 〈세 가지 의문〉에 나오는 이야기다.

한 나라의 왕이 호사스럽게 살다가 어느 날 갑자기 세 가지 의문을 품는다.

세상에서 가장 중요한 시간은 언제인가?

세상에서 가장 소중한 사람은 누구인가?

세상에서 가장 중요한 일은 무엇인가?

내로라하는 학자들이 앞다투어 의견을 내놓았지만 신통치 않았다.

그래서 왕은 깊은 산골로 현자를 찾아갔다. 현자는 왕이 찾아왔는데도 반기는 기색 없이 밭만 갈고 있었다.

"현자여, 내 의문에 답을 주시구려."

현자는 왕의 간청에도 아랑곳하지 않고 밭을 갈고 있었다. 그때 숲속에서 한 젊은이가 피투성이가 된 채 튀어나와 그대로 쓰러졌다. 맹수에 쫓기다 상처를 입은 것이다. 현자와 왕은 젊은이의 상처를 잘 치료해 주었다.

얼마 뒤 의식을 찾은 젊은이가 왕을 보더니 울면서 말했다.

"왕이시여, 당신이 여기 온다는 소식을 듣고 죽이려고 숲속에 숨어 있다가 그만 맹수를 만났습니다. 그런데 당신이 나를 살려주시다니……. 이제 당신에게 품은 원한을 버리고 충성하겠습니다."

그 모습을 보고 현자가 왕에게 말했다.

"왕이여, 세 가지 의문에 대한 답이 우리의 행동에 다 들어 있습니다. 세상에서 가장 중요한 때는 지금입니다. 그리고 지금 만나고 있는 이 사람이 세상에서 가장 귀한 사람입니다. 또한 세상에서 가장 중요한 일도 지금 이 일입니다."

지금 이 일, 지금 이 시간, 지금 눈앞의 이 사람이 가장 소중하다. 지금 이 순간이 모인 것이 인생이다.

존중이 곧 쾌락 ―――

　세상에 완전한 사람은 없다. 아무리 경멸스러워도 존중받을 만한 부분이 있고, 아무리 존경받는 사람도 경멸스러운 부분이 있다.

　자신의 강점에 집중하면 약점이 약화되고 강점이 강화된다. 사람 사이도 마찬가지다. 상대의 좋은 부분을 보아야 한다.

　인도의 어느 성자는 만나는 사람들마다 이렇게 말했다.

　"오, 나의 기쁨이여!"

　이 성자 앞에서는 사기꾼조차도 진실해졌다.

　내가 사는 아파트의 경비 아저씨 한 분도 그런 분이다. 아저씨는 입주민들의 특징을 잘 아시고 거기에 맞게 인사를 건네신다. 알고 보니 유명 그룹 회장의 운전기사를 꽤 오래하셨다고 한다. 그래서 전국 유명 호텔과 골프장 가는 길도 거의 다 아신다. 재벌가의 사사로운 이야기도 많이 알지만 영원히 함구해야 한다고 하신다.

아저씨가 회장님 차를 운전할 때의 일이다. 잠시 주차 중이었는데, 뒤에서 차를 들이받는 소리가 났다. 차에서 내려보니 사고를 낸 사람은 소형차를 탄 여성이었다. 국내에 몇 대 없는 고가의 승용차에 사고를 낸 그 여성은 어떤 심정이었을까?

그녀는 고개를 숙여 사과하고는 떨리는 손으로 5만 원을 내밀었다. 그런데 아저씨는 괜찮다고 하며 그냥 보냈다고 한다.

내가 왜 그러셨느냐고 물으니 아저씨가 말씀하셨다.

"힘들게 사는 여동생이 떠올랐거든요."

누가 사람의 마음을 움직일까?

실력, 돈, 권력이 다는 아니다. 그런 것이 부러움을 살 수는 있지만 그 것만으로 사람을 움직이려 한다면 질투를 받는다. 그래서 감동이 없는 부러움은 증오로 변하기 쉬운 것이다.

삶의 여유 만들기

6.5킬로미터 이상 되는 삼척의 환선굴 속에는 거대한 지하 계곡이 있다. 부드러운 물이 석회암을 뚫고 동굴 안에 열 개의 호수와 여섯 개의 폭포를 만들었다.

똑똑 한 방울씩 떨어지는 물방울이 세월과 손을 잡고 두꺼운 바위를 뚫고 있다. 부드러움이 결국 강함을 이긴다.

《이솝우화》에 나오는 이야기에서도 태양이 바람을 이겼다. 인간관계에서 강함은 통제이고 부드러움은 조화다. '프라이아'는 부드러움을 뜻하는 헬라어인데, 아리스토텔레스는 이 말을 자기조절로 해석했다.

유비(劉備)는 조조(曹操)와 비교하면 뒤떨어지는 면이 많았다. 조조가 훨씬 영리했고 전쟁에서도 대부분 유비를 이겼다. 그런데도 유비 주변에는 장비, 관우, 조자룡, 제갈공명 등 천하의 인걸이 모였다. 그래서 조조는 유비에 대한 경계를 게을리할 수 없었다.

그래, 한 박자 느리면 어때

관우나 조자룡 등은 조조가 온갖 회유를 하는데도 다 거절하고 조조보다 무능한 유비를 위해 목숨도 아끼지 않았다. 그것을 가능하게 한 유비의 인간적 매력이 바로 고전에서 말하는 '비양(卑讓)'이다. 비양은 나를 낮추고 상대를 높이는 태도를 말하는데, 이는 자기를 감추고 상대를 앞세우는 것이다.

부드러운 사람은 자기를 잘 조절하는 사람이다. 자기조절이 잘되면 상황을 통제하지만, 그렇지 못하면 상황에 끌려 다니며 좌충우돌하게 된다. 또한 자기조절이 잘된다는 것은 곧 자기 삶에 여유를 만들어 간다는 것이다. 그렇게 자기조절이 잘되는 이에게 사람들이 호감을 가지는 것은 당연하다.

가마 메는 사람

●

언젠가 경북 영주 쪽으로 온천욕을 하러 가던 중
봉화, 불영계곡을 지나가는 버스 안에서 정약용 선생의 이 말씀을 보았다.

가마 타는 사람은 가마 메는 사람의 어려움을 모르네.

그 뒤 서울에 올라와서 이런 글귀를 발견했다.

가마 메는 사람이 가마 타는 사람보다 오래 산다.

그래, 한 박자 느리면 어때

사랑이란

●

너를 사랑하는 나를

최고로 여기라고 하는 것이 아니라,

네가 귀하게 여기는 것은

나도 소중하게 여기는 것이다.

생산적 안식처

한때 "열심히 일한 당신, 떠나라"는 멋진 광고 카피가 크게 유행했다. 매일같이 시간에 쫓기며 살다가 일상에서 떠나보는 것도 좋다. 그런데 주기적으로 비행기를 타고 바다 건너 다녀와야만 안정이 된다는 사람도 있다. 이쯤 되면 해외여행 중독이다.

특정된 무엇을 해야만 심신이 안정을 찾을 때 그것이 중독 증상이다. 이익 창출을 최고의 가치로 삼는 사회는 그런 중독 증상을 부추긴다. 무엇에든 중독이 되면 그것에 내 생각과 느낌을 저당 잡혀 스스로 사고하는 능력이 저하된다.

중독으로 뇌 회로가 경직되면 나타나는 현상이 있다. 현재의 수치심, 미래의 위험 등은 무시하고 같은 행위를 반복하게 된다. 이것이 만용인데, 종국에는 그리스신화 속의 에코(Echo, 숲의 님프)나 나르키소스(Narcissus, 미소년)와 같은 운명을 맞게 된다. 에코와 나르키소스는 이루어질 수 없는 대상에 대한 애정 망상에서 헤어나지 못한 인물이다.

알코올중독자는 취한 상태에 빠져 있고, 애정 망상에 빠진 사람은 병리적 애정에 빠져 있는 그 순간만이 구원이고 희망이다. 비록 일시적이지만 평소에 누리지 못하는 스릴 속에서 기묘한 만족감을 얻는 것이다.

이처럼 모든 중독에는 어떤 역설적 희망이 담겨 있다. 술, 마약, 도박, 여행, 댄스 그리고 종교로 위로를 받으려는 희망이 있다. 중독이 불안과 무료함, 허무함 등의 안식처 역할을 하는 것이다. 인간에게 중독은 존재론적인 희망의 안식처일 수도 있다. 이 안식처를 택하는 것은 본인의 몫이다. 기왕이면 파괴적인 안신처가 아니라 창의적이고 생산적인 안식처를 택해야 한다.

창의적이고 긍정적인 안식처를 심리학에서는 '승화(sublimation)'라 부른다. 그중 하나가 유익하고 좋아하는 일을 하는 것이다. 당신은 어떤 일을 좋아하는가? 그 일이 자신에게 이롭고 사회에 해가 되지 않는 것이 승화다.

취미도 계발된다. 미운 사람도 자주 만나면 정들듯 좋아하지 않던 일도 자꾸 하다 보면 익숙해진다. 꼭 해야만 하는 일이라면 취미처럼 좋아하는 일로 만들 수도 있는 것이다. 또한 음악 또는 예술 작품 감상으로 중독에서 빠져나올 수 있다. 의학적으로 치료 불가능한 중독이 문학, 예술, 음악으로 치유되기도 한다.

이를테면 명작을 감상할 때 뇌 속에서 '세로토닌'이 분비되어 편안함을 느낀다. 세로토닌은 쾌락과 식욕, 성욕, 긍정적 마음을 관장하는 도파민, 불안과 부정적 마음을 관장하는 노르아드레날린을 조정하여 평상심을 유지하게 해준다. 세로토닌의 분비가 증가하면 우울증, 충동장애, 반사회적 성격장애, 섭식장애, 불안과 공황 등이 치료된다. 세로토닌이 인간적 고뇌의 산실인 대뇌피질에 영향을 주어 평안한 마음을 가지게 하기 때문이다. 특히 중독증에 관여하는 강박증도 세로토닌의 부족으로 발생한다.

모든 중독의 특징

♣

중독은 도피적 수단의 일종이다. 기대나 욕구가 채워지지 않고 매일 매일의 삶이 단조롭다는 등의 이유로 중독을 도피처로 택한다. 부적절한 대상에게 빠져드는 것, 어떤 말이나 태도를 반복하는 것도 중독이다.

중독이란 최면에 걸리듯 어떤 것의 좋은 면에만 집중하는 것이다. 그 좋은 면이라는 것도 주관적인 경우가 많다. 그렇게 주의를 집중하면서 일시적 카타르시스를 경험한다.

바로 이 일시적 쾌감과 야릇한 흥분 때문에 중독에서 벗어나지 못한다. 그래서 중독을 '거짓 쾌감'이라 한다. 모든 중독은 정확한 현실 인식에서 나오는 것이 아니라 자신에게 유리한 경험과 정보만을 취사선택하는 편협한 습관이다.

아름다운 중독,
살바토레 아다모

눈 내리는 날이면 당신은 무슨 생각이 떠오르는가.

나는 추운 겨울날 일하러 가는 어머니의 뒤를 맨발로 쫓던 어린 여동생이 떠오른다. 가끔은 동네 입구에 있던 호떡 가게로 호떡을 사러 뛰어가던 일도 생각난다.

어떤 이는 한때 좋아하던 단발머리 여학생이 떠오른다며 살바토레 아다모(Salvatore Adamo)의 〈눈이 내리네(Tombe La Neige)〉라는 곡을 꼭 듣는다고 한다. 눈 내리는 날 그 음악을 들으면 어떤 시름도 사라진다는 것이다.

그가 내게 물었다.

"이것도 중독입니까?"

나는 이렇게 대답해주었다.

"네, 아름다운 중독입니다."

제 눈에
안경

카를 융은 나쁜 중독을 집단무의식의 비정상적 강화로 본다. 원시사회로부터의 신화적 요소가 담겨 있는 곳이 집단무의식이다. 남성 속의 집단무의식에 '신화적 여성성(아니마, anima)'이 있고, 여성 속에도 '신화적 남성성(아니무스, animus)'이 담겨 있다. 달리 말해 남성 속에는 모계사회의 신화적 요소인 '모성에 대한 동경'이, 여성 속에는 부계사회의 신화적 요소인 '부성에 대한 동경'이 깔려 있다는 것이다

남성들은 여성들에게서 모성과 성욕을 동시에 찾으려 한다. 그러나 모성과 성(性)은 다르다. 성이 서로 나누는 것이라면 모성은 조건 없는 돌봄이다. 하지만 남성들이 여성들에게 가부장사회의 산물인 희생적 모

성상을 요구하는 것은 시대착오적이다.

그렇다면 신화적 남성성에 담긴 여성들의 욕구는 어떻게 표출될까? 전지전능한 힘을 지닌 부성을 동경한다. 신을 아버지라 부르는 종교에 여성 신도가 많은 이유도 그 때문이다. 그러나 그런 남성은 없다. 이미 남성의 차별적 특권이 사라져가는 시대에 전능한 남성을 원한다면 가부장 사회로 회귀하려는 불합리한 욕구에 지나지 않는다.

인간의 집단무의식에 깔려 있는 모성 콤플렉스와 부성 콤플렉스에 비춰볼 때 누군가를 사랑한다는 것도 사실 자기 속의 원형적 이미지를 사랑하는 것이다. 그래서 "제 눈에 안경"이라 하지 않는가!

자신의 무의식에서 현실에 투영된 이성상을 만나면 황홀함을 느낀다. 만일 내 집단무의식의 이성상과 맞지 않을 때는 불쾌감이나 공포감까지 가질 수 있다. 자기 안의 원형적 이성상에 대한 충분한 이해 없이 결혼한 뒤 집단무의식 속의 이성을 만나 걷잡을 수 없이 빠져드는 경우도 있다.

집단무의식의 투영은 단지 인물에만 국한되지 않는다. 조각가는 자신의 아니마와 아니무스를 작품에 투영한다. 어떤 사람이 대중의 평균적 집단무의식의 원형에 근접해 있다면 그 시대의 영웅이 될 수도 있다. 이 경우가 바로 승화, 즉 아름다운 중독에 해당한다.

용기란

무엇에 중독되었을 때 갑자기 끊으면 금단현상이 나타난다. 이를 완화시키기 위해 승화가 필요하다. 즉, 승화는 해로운 중독의 정신적 대체재다.

일상을 지나치게 권태로워하거나 저주받은 것처럼 받아들이면 중독을 피하기 어렵다. 어떤 중독이든 일단 빠지면 현실을 냉철히 바라보기가 어렵다. 중독에 빠지는 만큼 현실을 대면할 기회를 놓치고 사회적 친밀도와 상호소통의 기술도 뒤처지게 된다. 그러다 보면 더욱더 중독의 대상에 집착한다. 중독되어 있는 동안만 자기고양을 느끼기 때문이다.

종교 중독이 대표적이다. 종교는 신의 자녀, 천국의 자녀라는 자긍심을 심어주고, 그 대가를 요구한다. 도박 중독의 경우는 자기 능력 과시, 행운이라는 느낌 때문에 빠지는 경우가 많다. 어쩌다 한 번 돈을 딸 때의 그 기쁨에 빠지고 설령 계속 잃더라도 언젠가는 대박날 것이라는 기대감에서 계속 도박을 한다.

중독에 강한 사람은 현실을 직면하고, 중독에 약한 사람은 현실을 회피하는 대신 매사를 자신에게 유리하게만 본다. 부정적인 중독에서 승화로 옮겨가는 첫 단계가 현실 직면이다. 처음부터 중독에 빠지지 않거나 중독에서 벗어나기 위해 필요한 것이 '현실 직면 용기'다. 이 용기는 일상을 이해할 때 생겨난다. 이것은 일상에 굴복하거나 일상에 취하지 않고 일상을 그대로 자연스럽게 바라보는 것이다.

자연이 주는 최고의 선물

현실이 좋으면 좋은 대로, 힘들면 힘든 대로 회피하지 않고 직면하는 사람에게 자연이 주는 선물이 있다. 무엇일까? 잠시 생각해보라.

꼭 붙어야 할 시험에 떨어져 힘들어 하는 사람과 복권에 당첨돼 좋아 어쩔 줄 모르는 두 사람이 있다. 두 사람은 지금 바닷가에 와 있다. 한 사람은 시름을 달래기 위해, 다른 한 사람은 기쁨을 발산하기 위해서다. 그리고 두 사람 앞에는 똑같이 바다와 파도와 갈매기가 펼쳐져 있다.

사실 이 두 사람에게 낙방, 당첨은 모두 과거의 일이다. 우리가 힘들어 하거나 즐거워하는 일은 이처럼 대부분 이미 일어난 일이다. 즉, 과거에 매달리면서 현실을 부정하고 중독에 빠지는 것이다.

다시 생각해보자. 바닷가에 서 있는 두 사람의 현실은 아무 차이가 없다. 그런데도 한 사람에게는 갈매기 울음소리가 더 구슬피 들릴 것이고, 다른 이에게는 기분 좋은 노랫소리로 들릴 것이다. 그러므로 현실을

직면한다는 것은 갈매기, 파도소리 등에 자신의 과거 경험을 이입하지 않고 그대로 본다는 뜻도 된다.

이것이 현실을 도피하지 않고 직면하는 사람에게 주는 자연의 선물이다. 돌담에 반짝이는 햇살, 전선줄에 앉은 참새들의 수다, 동터오는 새벽, 거미줄의 투명한 이슬……. 누가 이런 위대한 작품을 만들 수 있겠는가. 자연이 우리 일상에 연출하는 스펙터클은 어떤 권력도 영웅도 만들거나 독점하지 못한다.

현실이 힘겨우면 힘겨운 대로 좋으면 좋은 대로 직면하며 살아가는 사람들만이 이런 자연의 선물을 누릴 수 있다. 고대 중국인은 가장 고결한 것이 '일상의 평범함'에 있고, 가장 난해한 것이 '일상의 쉬운 것'에 있다고 했다. 그만큼 일상의 즐거움은 무엇과도 바꿀 수 없다.

그런데 누구나 누리는 이 쉬운 즐거움이 중독에 빠져 지내는 사람에게는 너무 어렵다. 누구나 즐기는 새소리도, 꽃향기도 강박관념에 빠진 사람에게는 무미건조하게만 느껴지기 때문이다.

그대만의 얼굴

그대는 그대만의 얼굴이 있는가?

그대만의 언어가 있는가?

갈채 받는 이를 따라 하고 있지는 않은가?

남이 가보지 않은 길을 처음 걷는 이들에게는 항상 '모나다', '유별나다'는 수식어가 따라붙었다. 천동설(天動說)을 믿던 시기에 지구가 태양을 돈다고 했던 갈릴레오 갈릴레이, 반핵·반전운동을 주도한 버트런드 러셀, 성서의 창조론을 반대한 찰스 다윈, 사회적 불평등을 반대한 장 자크 루소, 인종차별을 반대한 마틴 루터킹…….

이들은 반대를 위한 반대가 아니라 미래의 대안을 제시하며 획일화된 현상 추종을 거부했다. 이런 자기만의 얼굴을 가진 사람들이 역사를 진보시켜왔다.

추격 마케팅, 대중의 갈채, 트렌드 팔로우 등에는 이익은 있어도 비범함은 없다.

일상의 즐거움

　일상의 즐거움을 누리는 사람은 어떤 어려움 앞에서도 탈진하지 않는다. 자연이 주는 일상의 선물은 프로이트나 융 같은 뛰어난 정신과 의사보다 더 탁월하게 우리의 정신건강을 지켜준다.

　가을 들녘에 나가 발에 밟히는 낙엽 소리를 들어보라. 평소에 사용하지 못한 감각이 자극되며 얼마나 상쾌해지는가. 심지어 나뭇잎 밟는 소리로 자폐증도 치료한다고 한다.

　회색빛 도시에 사는 사람들보다 녹색 지대에 사는 사람들이 강박관념이나 치명적 중독에 빠지는 비율이 현저히 낮다.

　이와 관련된 인도 속담이 있다.

　반딧불을 보고 감사하는 사람에게 절망은 없다.

Part 10
—
만나고 헤어지는 일

이별의 끝자락에서 배우는 이별의 의미

누구나 만나고 헤어진다. 이별해서 더 홀가분한 사이도 있고, 이별로 가슴앓이하는 사이도 있다.

어떤 이별이든 함께한 세월의 흔적은 남는다. 어차피 인생은 홀로 남게 되어 있다. 만나고 헤어지는 것이 당연한데도 왜 이 당연한 일이 벌어질 때마다 힘겨운 것일까? 도리어 이별에서 배울 수 있는 것은 없을까?

서로 좋을 때는 누가 이별을 상상이나 하겠는가. 그땐 서로에게 영혼이라도 줄 만큼 빠져 지냈을 것이다. 그러다 보니 함께한 시간 속에 자신은 없고 상대만 남아 있다. 그것은 각기 반쪽으로 모여 하나가 되어 있는 관계다. 그러다가 서서히 각자의 인생마저 사라진다. 그런 상황에서 이별이라니, 그야말로 세상이 무너지는 것 같다.

나를 잃어버린 사랑은 진정한 사랑이 아니다. 진정한 사랑은 너와 내가 반쪽이 되는 것이 아니라 각자 더 온전한 개인이 되어가는 것이다. 온전한 개인은 자기 마음을 자기 것으로 지켜가는 사람이다. 그런 사랑은 사랑을 이룬 뒤에도 오래 지속되고, 설사 피치 못해 헤어진다 해도 사랑했던 만큼 좋은 기억으로 남는다.

그대의 마음도 그대의 것이고, 그대의 인생도 온전히 그대의 몫이다. 자유와 상호 존경과 기쁨, 이 세 가지가 없다면 그 사랑은 진정한 사랑이 아니다. 어느 누구도 그대의 심장으로 침입하지 못하게 하라. 온전한 개인도 다른 이를 원할 수는 있지만, 정신적인 자립 때문에 다른 사람을 필요로 하지는 않는다.

그리고 이별이란, 그 어떤 이별도 이별하는 순간 벌써 과거가 된다.

과거와 다투면 현재를 놓친다 ──

　이별할 때 누군가는 떠나고 누군가는 남는다. 떠난 사람보다는 아무래도 남겨진 사람이 관계에 더 미련을 가진다. 그리고 미련이 강하면 집착이 된다.

　떠난 이에 대한 미련 때문에 현재의 내가 힘겨워하면 미래를 잃게 된다. 과거와 현재가 다투느라 시간을 낭비하는 경우가 얼마나 많은가.

　이별에서도 많이 배울 수 있다. 배우겠다는 것은 곧 변화를 수용하겠다는 뜻이다. 이별이 주는 교훈은 떠난 관계에 대해 미련을 끊고 평소에 누구와도 종속 관계를 맺지 않겠다는 다짐일 것이다.

　이런 결심이 잘 이행되지 않을 때 잠시 생각해보라. 다른 사람의 마음을 훔치고 떠나기를 반복하는 사람들의 수법을. 그들은 돈과 선물, 장밋빛 약속, 권력, 섹스 등으로 상대를 종속시킨다. 그렇게 종속시키고 나면 다시 새로운 상대를 찾아 떠난다. 그들에게 관계란 종속시키는 쾌감을 얻는 것, 그 이상도 이하도 아니다.

　지금 아무리 좋은 관계를 맺고 있더라도 정신적으로는 자립해야 한다. 사랑 중이든 이별 후든 건강한 관계의 열쇠는 자기 영혼을 지키는 데 있다.

미워질 땐
이렇게 미워하자

누군가가 자꾸만 미워진다면 어떻게 해야 할까? 이를 억지로 막으면 미운 감정이 무의식으로 들어가 엉뚱하게 표출될 수 있으니 자연스럽게 해소해야 한다.

산이 높으면 골이 깊어지듯 사실 증오가 깊다는 것은 나도 모르게 기대하는 마음이나 애착이 컸다는 뜻이다. 그런데 누군가가 미워질 때 고달픈 사람은 정작 미움을 받는 사람이 아니라 미워하는 본인이다. 미워하는 만큼 자신의 감정과 시야가 경직되고 좁아진다.

그 이치를 깨달은 공자는 사람을 미워하더라도 인(仁) 안에서 미워하라고 했다. 공자의 인은 너그러움이며, 나부터 실천하는 것이지 다른 사람을 탓할 필요가 없다.

오직 인을 체득한 사람이라야 사람을 좋아할 수도 있고 미워할 수도 있다. 이때 그의 행동이 인하지 않음을 미워한다.

인하지 않은 사람의 행위는 사랑할 수 없다. 그의 인하지 않은 행동이 나에게 영향을 미치지 않도록 인하지 않은 행동을 미워한다.

사람을 미워하지 말고 그의 인자하지 못함만을 미워하라는 것이다. 그래야 그에게 매이지 않고 내 결정의 자유도 침해받지 않는다. 너그러운 사람은 너그럽지 않은 그 행동을 싫어할 뿐 그를 미워하지는 않는다.

사람이 길을 넓히지,
길이 사람을 넓히지는 않는다

문제 있는 가정에서 자랐다고 해서 잘못되는 것은 아니다. 학계 일부에서는 정상 가정과 역기능 가정으로 분류하고 역기능 가정의 아이가 상처받고 성장해서 성인아이가 되기 쉽다고 한다. 하지만 그 분류 자체가 틀렸다. 이는 부계사회 중심적인 시각으로 시대착오적이다.

정상 가정이라면 아버지는 정의롭게, 어머니는 자애롭게 아이를 발달단계에 따라 길러야 한다고 한다. 일리는 있지만 진리는 아니다. 인류사를 보더라도 부계사회 이전에 아버지가 누군지 모르는 모계사회가 오랜 기간 존재했다. 그리고 이제는 부계, 모계라는 말 자체가 필요 없는 시대로 접어들었다.

이른바 정상 가정에서도 결혼한 배우자와 그 자녀를 소유물로 여기는 정서 때문에 오히려 자녀들이 자신의 재능과 열망에 따라서가 아니라 부모에게 조종당하고 종속되는 성향을 학습하기 쉽다. 또한 이미 프랑스 등에서는 결혼을 그다지 중요하게 여기지 않는다. 혼외자에 대한 제도적 차별도 전혀 없다.

공자는 부계사회처럼 시대적이고 개별적인 규범을 소당연(所當然)

그래, 한 박자 느리면 어때

이라 했고, 만물의 근본원리를 소이연(所以然)이라 했다. 만물의 근본
원리인 소이연을 도(道)라 부르는데, 소당연이 '마땅히 그래야 하는 것'
이라면 소이연은 '그렇게 된 까닭'이다.

　소당연의 기초는 소이연이다. 문화와 제도 아래 소이연이 있는 것
이다. 그래서 스피노자도 "국가의 규칙에 개인의 사유가 종속되지 않도
록" 열린 사회를 가장 좋은 사회라고 보았다.

　문화와 제도는 변하는 것이다. 그렇기 때문에 "사람이 길을 넓히는
것이지, 길이 사람을 넓히는 것은 아니다(人能弘道 非道弘人)".

내 속에 단서가 있다

인간에게 소리, 색깔, 오감, 냄새, 느낌의 감각은 생래적이다. 하지만 사람다운 성품은 자기 하기에 달려 있다.

태어날 때의 유전적 성향은 단서(端緒)다. 이 단서, 즉 실마리를 어떻게 풀어 나가느냐에 따라 성인의 길을 걷기도 하고 악인의 길을 걷기도 한다.

자신이 타고난 인, 의, 예, 지의 싹을 잘 기르면 세상을 보호할 수 있다. 반대로 잘 기르지 못하면 부모도 섬길 수 없다.

Part 10 _ 만나고 헤어지는 일

적응력

—

자신을 어떤 사람이라고 규정하지 말라. 도리어 자신을 유연한 사람이라고 생각하라. 그런 생각이 곧 행동으로 나타나고, 습관이 되며, 운명이 된다.

공자가 군자불기(君子不器)라 했듯이 스스로 어떤 모양의 그릇도 될 수 있다고 여겨야 한다. 그런 사람을 공자는 덕인(德人)이라 불렀으며, 하늘의 것이나 땅의 것이나 사람의 일이나 두루 조화를 이루는 모습이 인격과 삶 속에서 풍겨난다고도 했다.

형태가 정해진 그릇은 여러 용도로 쓸 수가 없다. 간장 그릇에 국을 담을 수 없고, 물동이에 밥을 담을 수도 없다. 밥그릇은 밥을 담는 데 쓰고, 접시는 반찬을 담는 데만 쓴다. 쓰임새가 이미 정해졌다는 것은 다르게 쓰일 수 없다는 뜻이며, 이는 다른 쓰임새를 거부한다는 뜻도 된다.

그릇을 고정관념이라고 할 때, 고정관념이 강한 사람은 외부의 색다른 자극에 더 강하게 반발한다. 변화에 적응하지 못하는 것은 고정관념을 버리지 못해서다. 《이솝우화》 속 여우와 황새의 이야기에서 보듯 목이 긴 그릇은 여우에게 필요가 없고, 바닥만 넓은 그릇은 황새에게 아무 소용이 없다.

이미지는 이미지일 뿐

—

이름은 실체가 아니다. 기호일 뿐이다.

간판에 집착하는 순간 내용은 부실해진다. 사회가 간판을 중시할수록 외화내빈(外華內貧)이 된다. 간판을 따려는 노력과 간판에 대한 선망과 질시만이 난무할 뿐이다.

프랑스의 현대사상가 장 보드리야르(Jean Baudrillard)는 《시뮬라시옹》에서 "이미지는 실재의 부재(不在)를 감춘다"고 간파했다. 보이는 것과 그 이면이 많이 다를 수 있다는 것이다.

실재의 부재를 감추는 이미지가 반복되면 아무것도 없다는 것을 감추기 시작한다. 그런 이미지의 난무는 결국 허무주의만 남긴다.

전문가에, 종교인에, 어디어디 출신에 속은 사람들이 부지기수다. 노자의 다음 말도 같은 맥락이다.

어떤 도를 도라고 하면 더 이상 도가 아니고,

어떤 이름을 이름이라고 부르면 더 이상 이름이 아니다.

(道可道非常道 名可名非常名)

세상은 대립과 종속이 아니다

* * *

기원전 6세기경 인물인 노자에게 세계의 모체는 도였다. 서양의 존재론이 노자의 도인데, 이는 서로 차이가 있다.

서양의 존재론에는 실체와 본질 간에 변증법적 요소가 없고 대립 또는 종속 관계다. 즉, 플라톤처럼 본질이 실체 속에 투영되거나 아리스토텔레스처럼 본질과 실체가 유리(遊離)되거나 둘 중 하나다.

하지만 노자의 도는 존재와 비존재, 즉 실체와 비실체 간의 변증법적 관계에서 발견된다. 도는 만물의 시작이면서 이 사물이 저 사물에 의존하고, 저 사물이 이 사물에 의존하는 총괄적 의존 관계다.

유명과 무명, 부와 가난, 긴 것과 짧은 것, 높은 것과 낮은 것, 선행과 후행, 강한 것과 약한 것 사이에는 궁극적인 상호의존 관계가 형성되어 있다.

노자의 변증법은 서양처럼 대립 관계가 아니라 조화 관계이며 복귀 관계다. 만물의 상호의존 관계가 삼라만상의 본체이며, 모든 변화가 의존하는 대도(大道)이다.

간판은 실체가 아니다. 그래서 정치인, 학자, 유명인 등의 간판이 붙어 있을 때 그 실체의 진정성을 주시해야 하는 것이다.

타인을 움직이는 힘

* * *

누구를 움직이고 싶다면 그를 존중하라.

내게 소중한 것만 강요하지 말고 그가 가치 있게 여기는 것도 존중하라.

소중한 것에 서열은 없다.

스스로를 소중히 여기는 만큼 그도 소중히 여기라.

나의 가치를 인정하지 않는 사람을 귀하게 여길 사람이 어디 있겠는가.

누가 위대한 사람인가.

나처럼 당신도 소중한 존재라고 느끼게 해주는 사람이다.

신비로운 안목

숲을 보고 나무를 보는 사람도 있고, 나무를 보고 숲을 보는 사람도 있다. 모두 숲속에서 제 길을 찾아가는 사람들이다. 이와 달리 숲만 보고 나무를 보지 못하는 사람은 큰 그림은 잘 그리는데 구체성이 없다. 만일 나무만 보고 숲을 보지 못하면 디테일에 집착해 흐름을 놓치고 만다.

디테일에 강한 친구가 있다. 눈앞의 일에 얼마나 밝은지 별명이 '깨알'이다. 그런데 문제는 그가 내놓는 대책은 너무 근시안적이라는 점이다. 그 결과 그의 대책은 흐름에 뒤지거나 도리어 올무가 되고 만다.

숲과 나무를 번갈아 보아야 트렌드에 맞는 실효성 있는 방안이 나온다. 숲과 나무를 번갈아 볼 수 있는 상태를 장자(莊子)는 현지우현(玄之又玄)이라 했다. 일종의 신통안(神通眼)이라고 할까.

현은 오묘함이다. 이름을 붙이기 전의 모든 것, 즉 본래 자연과 개별자는 구별이 불가능해서 오묘하다. 이런 상태로는 개별자 인식이 불가능하다. 그래서 이름을 붙이는 것이다. 여기에도 딜레마가 있다. 이름을 모르면 개별자에 대한 인식이 힘들고, 이름에 붙들리면 전체를 보는 오묘함을 깨달을 수 없다.

칸트의 말처럼 현실적으로는 사물을 범주화하지 않으면 인식할 수 없다. 그러나 자연에 하나하나 이름을 붙여 규정하면 그 이름에 묶여 전체를 놓치고 부분만 알게 된다. 이 둘 사이의 조화가 중요하다. 그래야만 전체를 보고 개별을 인식할 수 있다.

신비(神祕)는 신들의 비밀이 아니라 개별과 전체를 통전적으로 볼 수 있는 안목이다. 우주에 이 이상의 신비가 있을까?

> 개별을 보되 개별에 너무 얽매이지 말고,
> 전체를 보되 개별을 무시하지 않아야 한다.

이렇게 하면 누구나 신비로운 안목을 가질 수 있다.

삶은 체험의 흐름 속에　· · ·

"그래, 얼마 만이니? 너 참 많이 변했구나."

이런 말을 듣는 것이 좋다.

살아 있다는 것은 꾸준히 변한다는 것이다.

고목나무처럼 사람도 나이가 들수록 변화를 거부하고

고정관념에 빠지려 한다. 이를 이겨내기만 하면 말 그대로

나이는 그저 숫자에 불과하다. 도리어 나이가 들수록

쌓아온 경륜에 비추어 더 바람직한 방향으로 변화할 수 있다.

젊은이, 노인이라는 간판도 하나의 이름에 불과하다.

대상 앞에 붙은 이름으로만 대상을 규정하면 그 본질을 놓친다.

이름은 고정되지만 본질은 변화한다.

라이선스를 받으면 그 간판은 고정되지만

그의 내면과 능력은 변한다.

그래, 한 박자 느리면 어때

대상의 본질은 흐름이다.

시내에서 흐르는 것에 물이라는 이름을 붙인다.

이때 물이라는 이름은 고정되어 있다.

하지만 물의 본질은 흐름에 있다.

인생도 갖가지 체험의 흐름 속에 있다.

삶을 하나의 체험으로만 해석하려 하지 말라.

과거의 체험을 돌아보느라 현재를 헛되게 만든다.

자신의 능력, 취향, 나이, 인간관계, 지식 등의

변화를 늘 환영하라.

세상에 내 것이 어디 있을까.
때가 되면 무엇이든 그대로 두고 떠나야 하는 것 아닌가.
내 사람도 다 그런 게 아닌가.

:

그래,
한 박자
느리면
어때

지은이 이동연

펴낸곳 도서출판 창해
펴낸이 전형배

출판등록 제9-281호(1993년 11월 17일)

1판 1쇄 발행 2019년 05월 27일

주소 서울시 마포구 토정로 222(신수동 448-6) 한국출판콘텐츠센터 401호
전화 02-333-5678
팩스 070-7966-0973
E-mail changhae@changhae.biz

ISBN 978-89-7919-179-0 03810

「이 도서의 국립중앙도서관 출판예정도서목록(CIP)은
서지정보유통지원시스템 홈페이지(http://seoji.nl.go.kr)와
국가자료공동목록시스템(http://www.nl.go.kr/kolisnet)에서
이용하실 수 있습니다.(CIP제어번호: CIP2019018387)」

- 값은 뒤표지에 있습니다.
- 잘못된 책은 구입하신 곳에서 바꿔드립니다.